MAURICE THIÉRY

Âme Douloureuse

Ce qu'on lit
à vingt ans

Le Roman complet
50 cent.

Imp. MORICE Frères, 7, Cité Adrienne, PARIS (XXe).

MAURICE THIERRY

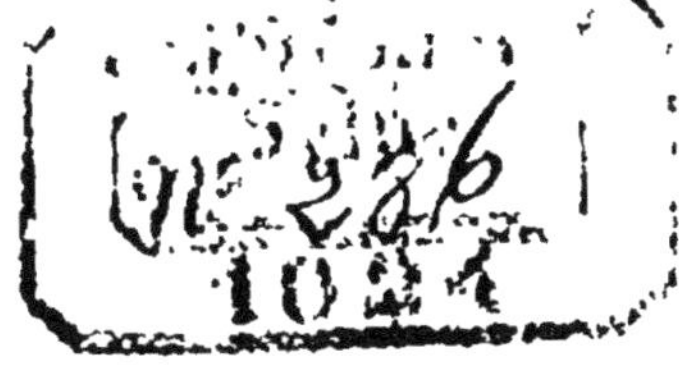

AME DOULOUREUSE

AME DOULOUREUSE

I

D'une somptueuse limousine, un homme, qui paraissait avoir dépassé la cinquantaine, descendit, ainsi que deux jeunes filles.

La voiture s'était arrêtée devant le perron de leur demeure, dénommée « l'Oasis ».

C'est là que, vingt-cinq ans auparavant, M. Duthil, alors banquier, avait acquis et fait aménager, pour sa jeune femme et pour lui, ce coquet hôtel, l'un des plus beaux de l'aristocratique quartier de Longueville, à Amiens.

Une dame de cinquante à soixante ans les attendait sur le perron.

— Je suis en avance, dit-elle avec un sourire aimable ; ce n'est pas pour dire que vous êtes en retard.

— Vous êtes bien aimable d'être venue de bonne heure ; la soirée en sera plus longue. Où donc est votre fils ?

— Dans le parc, je crois ; nous n'avons trouvé personne pour nous recevoir.

— Emile n'est pas là ?

— Il est peut-être sorti. Je ne l'ai point aperçu.

— Et Marthe ?

— On ne l'a pas vue. Mais ils se retrouveront, soyez-en sûr.

Mme Merville avait pincé les lèvres en prononçant ces derniers mots. M. Duthil détourna les yeux avec un certain malaise. Annette avait rougi. Lucie avait pâli, et tout le monde paraissait mécontent.

— Les voilà ! fit le père avec une expression de soulagement.

En effet, Roger Merville se montra au détour d'une allée avec Emile ; Marthe les suivait, l'air distrait.

— Arrivez donc ! dit M. Duthil avec un peu d'humeur. Vous auriez dû être là, tous deux, pour recevoir nos hôtes en notre absence.

Marthe resta les yeux baissés, sans mot dire. Emile balbutia un mot d'excuse, et se mit aussitôt à causer avec Mme Merville.

Roger s'était approché d'Annette et ils s'étaient serré la main en silence. Depuis un an que leur mariage était décidé, ils n'avaient peut-être pas eu dix fois l'occasion de causer ensemble un peu longuement ; mais Roger venait dîner avec sa mère tous les dimanches à l'Oasis, et chaque fois la jeune fille sentait son âme s'en aller, plus éperdument, vers son fiancé.

Elle l'avait paré de toutes les vertus, orné de tous les mérites. C'était un bon garçon, intelligent, quoique un peu mou et sans facultés particulièrement remarquables. Elle lui attribuait du génie et attendait de lui, quand ils seraient mariés, de grandes choses. Lesquelles ? Annette n'en savait rien, mais ce seraient de grandes choses.

En attendant, il comptait vingt-neuf étés, avait embrassé la carrière d'architecte comme il se fût fait maçon et n'avait encore construit quoi que ce soit. Fils unique, du fait de sa mère, il aurait une vingtaine de mille francs de rente, ce qui le dispensait de tout autre effort, car il n'était pas ambitieux.

Plus tard, lorsqu'il aurait échangé contre la liberté du mariage la semi-tutelle indéfiniment prolongée d'une mère passablement despote, il ferait de beaux travaux ! Il ne disait pas quoi, mais Annette l'écoutait, ravie, avec un sourire confiant.

Ils n'avaient guère le temps de s'expliquer leurs projets : Mme Merville était presque toujours entre eux, affable, bienveillante pour sa future belle-fille, mais présente, ce qui ramenait parfois sur les lèvres de son fils un murmure plus ennuyé que respectueux.

Annette l'apaisait d'un regard, réclamant l'indulgence. Elle comprenait cette mère jalouse, elle ! A sa place, elle eût fait de même. Pouvait-on trop chérir ce fils adorable ? Mme Merville ne serait pas toujours là ; ils devaient se marier en septembre, lorsque Lucie, sortie définitivement du pensionnat d'Amiens où elle achevait ses études, aurait pris des mains d'Annette le gouvernement de la maison.

En attendant, Annette faisait, tous les dimanches, pour orner la table, un bouquet que sa future belle-mère emportait. Ce bouquet, c'était un poème où son jeune amour tendre et confiant se versait sans réserve ; les parfums et les couleurs étaient le langage, dépourvu de niaises allégories, mais ardent, comme le cri de la passion, par lequel la pure jeune fille exprimait les sentiments inconnus qui la troublaient parfois. Elle pensait que le lendemain, et même les jours suivants, ce bouquet parlerait d'elle à son fiancé, tant que les fleurs ne seraient pas fanées.

— Est-ce que ce n'est pas mal d'aimer à ce point-là ? se demandait-elle parfois, inquiète.

Celui qu'elle aimait ainsi, c'était le mari de demain. Elle se rassurait, émue encore pourtant et frémissante d'une vague crainte.

— Tu l'aimes donc bien ? lui avait demandé Marthe, un jour, en mordillant les pétales d'une rose qu'elle venait de cueillir.

Annette avait baissé la tête, regardant en elle-même, effrayée de cette intensité de passion qu'elle y découvrait. Ses vingt-trois ans donnaient à cet amour permis une force que ne peuvent connaître les jeunes filles à peine échappées à l'adolescence.

— Et s'il devenait pauvre, ou toi ? ou si, pour une

raison quelconque, ton mariage était rompu ? demanda Marthe à moitié railleuse.

— J'en mourrais, répondit simplement Annette.

Marthe la regarda d'un air incrédule. On meurt si peu d'amour, de nos jours, si tant est que jamais on en soit mort davantage. Ce n'est pas elle qui eût dit pareille chose ! Mieux valait dédaigner un ingrat et vivre.

Marthe avait dix-neuf ans. Orpheline de père et de mère, elle avait été recueillie toute jeune à l'Oasis par la bonne Mme Duthil. Son père avait fait faillite, — d'aucuns disaient qu'il l'avait fait exprès pour ne pas se dessaisir des sommes engagées ailleurs ; des bruits fâcheux avaient accompagné sa mort ; il s'était suicidé, disait-on, pour une femme, auteur de sa ruine.

Était-ce vrai ? Après une douzaine d'années, qui s'en soucierait ? En attendant, la fillette, dont Mme Duthil était la marraine, ne pouvait être abandonnée ; elle vint à l'Oasis et y resta.

Quand Mme Duthil mourut, Annette prit la direction de la maison ; elle avait dix-huit ans à peine, sa sœur Lucie en avait onze, Marthe quatorze. Les fillettes étaient en pension. L'année précédente seulement Marthe était rentrée, au moment où le mariage d'Annette avec Roger Merville venait d'être décidé.

Elle avait pris cette nouvelle très froidement ; l'idée de tout mariage lui donnait un petit frisson de mauvaise humeur. Bien qu'élevée de la même façon que Lucie, et traitée en sœur par les jeunes filles, elle avait appris sa situation inférieure vis-à-vis du monde et de la famille qui l'avait adoptée. Fine et fière, Marthe avait compris qu'elle n'avait aucune chance de se marier, et le mariage des autres ne lui plaisait pas.

— Tu y passeras pourtant, lui dit un jour Lucie, pour la taquiner.

— Moi ? Non ! je gagnerai ma vie, je serai institutrice.

A cela, M. Duthil s'était absolument opposé. Il

avait néanmoins permis à la jeune fille de se présenter aux examens ; elle avait été refusée.

— Tant mieux ! fit le chef de famille ; comme cela, tu seras bien forcée de rester avec nous.

Marthe recevait une pension pareille à celle de Lucie, pour ses menues dépenses ; elle était traitée, même par les domestiques, en enfant de la maison ; elle seule s'obstinait à tracer une ligne de démarcation, plus apparente que réelle, toutefois, entre elle-même et les demoiselles Duthil.

Avec cela, une insouciance réelle, une indifférence presque absolue aux petits ennuis de la vie, qui la faisait gaie et parfois bruyante, au lieu de la personne morose qu'elle eût dû être, logiquement.

Emile Duthil, plus âgé de quatre ans qu'Annette, rentra à l'Oasis à peu près au moment où avaient lieu les fiançailles de sa sœur.

Pendant plusieurs années, il avait voyagé pour la maison de banque dans laquelle son père avait conservé des intérêts. Il revenait de l'Inde après un long séjour.

Assis sur la terrasse de l'Oasis, les soir d'été, en racontant ses voyages aux siens, il s'arrêta bien des fois, pour dire : « Tenez, ceci est encore plus beau que le reste. »

— Je suis né pour vivre ici, ajoutait-il, et la destinée fait de moi une sorte d'errant. Mais si je ne puis y vivre, au moins j'y mourrai.

Marthe l'écoutait, et quand il se déclarait Picard dans l'âme, elle détournait dédaigneusement son joli visage dont les traits un peu trop marqués avaient pourtant un charme indéfinissable.

Grande et svelte, mais d'une structure robuste, les épaules très tombantes, le cou long portant une tête bien faite, elle relevait habituellement le menton, donnant ainsi à sa figure déjà altière une expression de commandement, rachetée par l'insouciance du sourire et du regard. On voyait qu'elle eût aimé à dominer, mais qu'au fond, ne pouvant le faire, elle s'accommodait d'une existence où tout lui était indifférent.

Le dîner du dimanche s'achevait dans la grande salle à manger.

Mme Merville poussa un soupir de bien-être et s'appuya au dos de sa chaise. Son regard vif et scrutateur fit le tour de la table et s'arrêta sur Emile, qui n'avait presque rien dit durant le repas.

— Quand retournez-vous dans l'Inde, monsieur Emile? dit-elle d'une voix pénétrante, quoique presque basse.

— Quand ma sœur sera mariée, ainsi qu'il a été convenu, madame.

Un regard aigu glissa entre les cils baissés de Marthe, qui releva le menton suivant sa coutume.

— Il vous en coûtera, je crois? continua Mme Merville.

— Ah! certes, soupira Emile avec une indiscible tristesse.

M. Duthil se leva.

— N'y pensons pas, dit-il, affectueusement; d'ailleurs, cette absence ne sera pas éternelle. Mon fils bâtit sa fortune comme j'ai bâti la mienne, avec du travail, de la patience et quelques sacrifices.

— Oui, mon père, dit Emile doucement. Mais vous n'étiez pas contraint de vous exiler.

— Exil est un mot cruel, mon fils; plus cruel que la chose, fit observer M. Duthil, surtout quand on est toujours libre, après tout, de revenir, en renonçant à sa carrière.

Sa voix brève et cristalline résonna comme un coup de timbre.

Le silence se fit là-dessus; on quitta la salle à manger et l'on s'assit sur la terrasse pour prendre le café.

Peu à peu la causerie se ranima; les hommes allumèrent des cigares. En vertu de ses droits, Roger s'était assis près de sa fiancée, et envoyait en haut des spirales de fumée d'un air absorbé. Annette sentait son âme s'exhaler en parfums.

Quelques mois à peine, et Roger serait encore assis près d'elle, mais cette fois son mari; rien ne les séparerait plus ; nul n'aurait le droit de se mettre entre eux; elle tiendrait dans la sienne cette main fraîche et ferme, qui serrait maintenant ses doigts à l'arrivée et au départ, en laissant dans son âme l'impression d'un éblouissement.

Encore quelques mois, ou plutôt quelques semaines, et elle pourrait appeler tout haut par son nom celui qu'elle se nommait à elle seule à tout instant. Elle pourrait lui dire tout ce qui montait d'imprévu dans son esprit, tout ce qui germait de tendre dans son cœur ; elle pourrait penser, sentir, vivre tout haut dans cette autre âme qui serait devenue sienne. Elle saurait ce qu'il pensait, lui, — lui qui parlait si peu.

— Un peu de musique, Annette, fit son père. Nous resterons ici.

Elle sortit de son extase et se dirigea vers le salon où lés lampes étaient allumées. Tous les dimanches elle jouait ainsi pendant un quart d'heure environ avant que Mme Merville demandât sa voiture.

Annette se sentait toute vibrante ; elle avait envie de pleurer ; elle avait envie de crier à cet impassible Roger, — qui l'aimait cependant, — sans cela pourquoi l'eût-il demandée? — combien elle l'adorait. Elle était hardie en musique comme elle l'était par ses fleurs. Cette virginale Annette, qui fût morte de honte si son âme s'était tout à coup dévoilée à son fiancé, etait capable de lui envoyer le cri de la plus ardente passion à travers des harmonies qu'elle n'avait point créées, mais qu'elle savait bien rendre.

Après avoir joué deux morceaux préférés de son père, elle commença un chant sans paroles de Mendelssohn, où le compositeur a mis autant d'amour et d'élan qu'il fût jamais donné à qui que ce soit d'en ressentir. Elle jouait lentement, comme pour elle seule ; il lui semblait tenir l'orgue dans une cathédrale immense remplie de fidèles, elle parlait pour toutes les âmes humaines en détresse d'amour. Quand elle s'arrêta, ses joues étaient ruisselantes de larmes.

Elle prit son petit mouchoir et sécha bien vite son

visage enflammé, puis s'approcha de la porte-fenêtre.

— Vous jouez très bien, lui dit Mme Merville de sa voix nette. C'est un joli talent d'agrément que vous possédez là.

Dans l'ombre, Lucie glissa un bras autour de la taille de sa sœur et lui planta un chaud baiser sur la joue.

— Elle est bête, ta belle-mère! lui souffla-t-elle. Tu es un ange, toi!

M. Duthil avait tendu la main vers sa fille aînée.

— Elle me manquera bien, fit-il. Je me suis habitué à l'entendre : il me semble qu'elle me parle quand elle joue.

Les yeux d'Annette cherchaient ceux de Roger, et les rencontrèrent.

Comme elle passait près de lui, il allongea le bras et saisit la main qu'elle laissait pendre dans les plis de sa robe.

Mme Merville se levait pour partir. Roger se sentit tout à coup transporté.

— Vous savez, dit-il à voix basse, ma chère fiancée, je vous aime.

Ce cri du cœur n'était peut-être pas très éloquent. Annette en fut bouleversée jusqu'au fond d'elle-même. Elle regarda Roger avec une intensité d'amour ingénu qui le troubla. Se levant aussi, il s'inclina sur la main qu'il tenait encore, et la baisa longuement.

Annette ne dit rien. Son rêve venait donc à elle! Serait-ce toujours ainsi? Pourrait-elle supporter une telle joie sans perdre l'esprit? Elle eut tout à coup la vision de ses noces : au fond de la cathédrale d'Amiens, elle marchait près de Roger vers l'autel couronné de fleurs et inondé de lumières; il passerait l'anneau nuptial à son doigt... Ah! quelle épouse sûre et fidèle elle serait pour lui jusqu'au tombeau!

Il laissa retomber cette main loyale qui n'avait pas rendu sa pression, tant Annette se sentait troublée, et tout à coup se retourna vers sa mère, qui feignait de n'avoir rien vu.

Lorsque la grille du parc se fut refermée derrière la voiture, Mme Merville dit à son fils en anglais afin de n'être pas comprise du cocher :

— Il ne faudrait pas trop t'aventurer avec Annette. Tu as eu tort de lui baiser la main tout à l'heure.

— Voyons, maman, répondit Roger en français, cela n'a pas le sens commun! Est-ce que nous ne devons pas nous marier dans trois mois?

— Je sais ce que je dis, répliqua la mère toujours en anglais. Tant qu'il n'est pas fait, un mariage peut se défaire, et je n'aime pas les complications.

Roger se réfugia dans un coin sans mot dire, accompagna sa mère jusqu'à leur maison, et, au lieu de rentrer, s'en fut rejoindre quelques amis dans un café.

II

— Mon père, dit Émile à son père, quand les jeunes filles se furent retirées après avoir embrassé le chef de famille qui, étendu dans un fauteuil, près de la porte du salon, jouissait paisiblement de la splendeur de la nuit.

— Je te croyais sorti, fit M. Duthil.

— J'ai fait un tour dans le parc. Mon père, je voudrais vous parler.

— Ce soir?

— Ce soir, s'il se peut. Voilà longtemps déjà que mon souci me pèse... Vous pouvez m'en délivrer, mon père... vous êtes si bon!

— Un souci! A ton âge? As-tu compromis l'argent d'autrui?

— Non, mon père; de ce côté tout est sauf.

M. Duthil respira longuement.

— Parle alors, dit-il.

— Je désire me marier, fit le jeune homme avec un pénible effort.

M. Duthil demeura grave, mais non surpris.

— Tu as vingt-sept ans, tu as raison, il en est temps. As-tu fait ton choix ?

— Oui, mon père.

— Nomme celle que tu aimes, fit le père, lentement.

— Vous le savez... c'est Marthe.

Ce nom tomba dans le silence.

— Mon père, dit-il tout bas, je l'aime.

— Tu l'aimes, dit-il, oui ; tu l'as aimée, sachant qu'une tache était sur sa famille, et que je ne te permettrais pas de l'épouser.

— Mon père, reprit Emile, en baissant la tête, je n'ai pas voulu cet amour, il est venu...

— Alors, c'est elle ! interrompit le père d'un ton sévère. J'ai bien vu ! Je ne suis pas aveugle, mais je n'y voulais pas croire... cela me semblait si odieux ! Une enfant élevée chez nous, par nous ! Elle ne voulait pas se marier, disait-elle... Elle savait bien qu'elle ne pouvait prétendre à rien dans cette ville au milieu de notre société sévère.

— Ce n'est pas sa faute ! fit Emile avec un peu d'irritation.

— La conduite et la mort de son père ? Qui dit que ce soit sa faute ? Je ne suis ni si cruel ni si déraisonnable ! Mais la faute existe ; Marthe en est innocente, soit. Si quelqu'un doit en pâtir, est-il plus naturel que ce soit elle, ou que ce soit nous ?

— En pâtir ? Pourquoi ?

Le père eut un geste d'impatience.

— Ne sais-tu pas ce que c'est qu'une ville de province ? Tout se sait, tout se répète et se grossit, tout prend de l'importance. A Paris, un homme déclassé change de milieu ; en province, il s'en va ou il meurt. Je ne te permettrai pas d'épouser Marthe.

Emile sentit la colère le gagner, devant cette opposition raisonnée.

— Tu veux alors que je te dise tout? fit M. Duthil en s'avançant vers son fils d'un air presque menaçant. Eh bien! sache-le. Ce n'est pas seulement parce que Marthe est la fille d'un homme taré, d'un suicidé, c'est parce qu'elle n'a ni bonté ni droiture. C'est parce qu'elle t'a conquis secrètement, sachant que je ne consentirais pas ; c'est parce que depuis plusieurs mois, sous le toit de ton père, dans la maison de tes sœurs, tu mènes avec elle une intrigue inavouable.

— Mon père! s'écria Emile en se dressant devant lui, ne l'insultez pas! Elle est sans reproche!

— Je l'espère bien! répliqua M. Duthil avec dédain. Mais crois-tu que je veuille nommer ma fille celle qui a récompensé ma bonté en agissant dans l'ombre traîtreusement? Pour cela seulement, je n'en voudrais pas dans ma famille!

Il fit quelques pas, puis, soudainement radouci, revint vers son fils.

— Comprends-moi bien, Emile, ajouta-t-il ; je ne veux pas qu'il y ait entre nous de malentendu. Pour la première fois, nous sommes en désaccord ; jusqu'ici tu as été un fils tendre et respectueux. J'étais... je suis fier de toi. Tu as fait honneur à notre nom et à nos affaires, comme il convient à un homme de tête et de cœur. Mon amour et ma sagesse paternels doivent te garantir d'un danger que tu ne soupçonnes pas, d'un avenir dont tu n'as aucun pressentiment : un mariage imprudent, mal assorti, pèse sur toute une vie... Marthe n'est pas la femme qu'il te faut, tu ne l'épouseras point.

Emile avait écouté frémissant, contenant sa colère.

— Si vous la haïssez ainsi, dit-il, je ne comprends pas pourquoi vous l'avez élevée avec mes sœurs.

— La haïr? Je la hais si peu que je lui tiens une dot en réserve, pour le jour où un homme... à l'esprit autrement fait que moi, voudra la prendre pour femme. Mais je ne la connaissais guère... Je la croyais égoïste, indifférente, peu soucieuse du bonheur d'autrui..., je ne la savais pas fausse et artificieuse. Pour cela, fût-elle la fille d'un père honoré, je n'en voudrais pas pour ta femme.

Emile fit un geste plein d'amertume et d'orgueil.

— Plus tard, dit son père, tu me remercieras.

— N'y comptez pas! fit-il en se dirigeant vers la porte.

Sur le seuil, il s'arrêta.

— Et maintenant, reprit-il, elle va souffrir parce que je l'aime ; vous allez la punir de la tendresse qu'elle m'a inspirée?

— La punir? Elle le mériterait. Mais je ne suis point un homme méchant. Sait-elle que tu avais l'intention de me parler aujourd'hui?

Pour la première fois de sa vie, Emile mentit à son père.

— Non, dit-il, en baissant la tête.

M. Duthil le crut.

— Alors, je ne lui dirai rien... Demain, tu partiras pour Paris, et tu y resteras jusqu'à ce que je te rappelle. Cela me donnera le temps de prendre une décision. Ne crains pas que tes sœurs ou moi soyons durs envers elle... Si j'en étais tenté, Annette la défendrait... Dans une dizaine de jours, j'aurai pris une décision. Va, mon fils.

Emile allait sortir, son père le rappela.

— Je ne suis pas un homme de vaines paroles, dit-il ; jamais, — il souligna le mot, — jamais je ne consentirai de bon cœur à te voir épouser Marthe.. Tu peux sans doute passer outre et l'épouser sans mon consentement, mais tu ne voudrais pas. Non, Emile, je n'ai pas mérité de souffrir dans mes enfants... J'ai été, autant que je l'ai pu, un bon père, un honnête homme, un bon citoyen... Tu ne voudrais pas attrister ma vieillesse.

Il tendait les deux mains à son fils hésitant.

— Mon fils! dit-il, d'une voix qui se brisait.

Emile saisit les mains de son père et les serra, M. Duthil l'attira contre sa poitrine et l'y retint.

— Nous tâcherons qu'elle soit heureuse, lui dit-il en relâchant son étreinte. Je doublerai la somme que je lui destinais pour dot ; je l'emmènerai quelque part, aux bains de mer, aux eaux... l'hiver prochain, nous irons à Paris s'il le faut... Je lui trouverai là un bon mari, un brave homme ; tout le monde n'a pas nos préjugés de province... elle sera heureuse ; et toi, tu n'es pas un enfant, tu prendras le dessus... tu te consoleras. Ton père te soutiendra et tu auras fait ton devoir.

Il parlait avec l'assurance d'un homme éprouvé par la vie et qui connaît le néant des passions éternelles ; mais Émile était jeune et ne pouvait envisager les choses du même œil. Il serra encore une fois les mains de son père et sortit sans répondre.

M. Duthil avait le cœur bien lourd. Avait-il mérité que cette orpheline, recueillie par la bonté de sa femme et de lui-même, lui apportât le plus grand chagrin qu'il eût connu après la mort de sa compagne? Était-ce la récompense de leur charité?

Le pas d'Annette sur le parquet le tira de sa méditation.

— Comment! tu ne dors pas? lui dit-il avec quelque inquiétude.

— Non, mon père. J'ai entendu votre voix et celle d'Emile ; il est monté, et je suis venue.

— Comme toujours, m'apporter la consolation de ta présence... As-tu entendu notre conversation?

— En partie. Mais je sais de quoi vous parliez.

— Il te l'avait dit?

— Non ; je l'avais deviné depuis longtemps. Elle est jeune, mon père, il faut lui pardonner!

Ses bras caressants entourèrent le cou de M. Duthil. Toute son attitude demandait grâce pour les amants.

— Lui pardonner... veux-tu dire qu'il faudrait les marier?

— Je ne sais pas, répondit Annette en s'asseyant en face de lui, tout près. Vous êtes meilleur juge que moi, mon père, vous êtes seul juge de ce que réclame l'honneur de notre famille, mais...

— Mais quoi? demanda le père, avec une sorte d'impatience nerveuse.

— Je vais vous dire. C'est que je n'y avais pas beaucoup pensé avant ce soir, ou plutôt j'y avais pensé, et souvent ; mais j'avais peur de ce qui est arrivé... je ne sais pas bien exprimer mon idée.

Elle était si sincère, dans l'ingénuité de son cœur, que son père, tout gravement préoccupé qu'il fût, sentit un demi-sourire monter à ses lèvres. Elle était bien d'or pur, celle-là ! sa vraie fille !

— Il me semble, reprit-elle après un silence qu'il s'était bien gardé de troubler, il me semble que ce mariage ne serait pas tout à fait impossible.

— Sais-tu comment est mort son père? Et sais-tu comment il a vécu? interrompit M. Duthil.

— Je sais que ni sa vie ni sa mort n'ont été exemplaires ; mais, papa, Emile avait raison, au moins sur ce point : ce n'est pas la faute de Marthe.

— Cela, oui, je te l'accorde ! fit M. Duthil, toujours nerveux. Mais sa conduite actuelle, ces cachotteries, cette intrgue menée sous mon toit, entre ta sœur et toi... les excuses-tu aussi?

— Non, papa, je n'ai rien à excuser ! fit Annette avec un bon sourire, timide et suppliant. C'est vous seul qui êtes offensé... et il me semble, alors...

— Parle donc !

— Eh bien ! il me semble que si vous êtes seul offensé, vous seul avez le droit... oh ! papa, je n'ose pas dire le devoir... de pardonner.

— Annette, répondit-il, crois-moi : un homme est meilleur juge en ces questions. C'est une question d'honneur, ma fille. Marthe a manqué moralement à l'honneur.

— C'est aussi une question d'amour, mon père. Ils

s'aiment, et pensent n'être jamais l'un à l'autre. Vous rendez-vous compte de ce qu'ils doivent souffrir?

M. Duthil, surpris, regarda sa fille avec attention.

— Et toi, fit-il, tu le sais donc?

— J'en sais au moins quelque chose. J'ai consenti à épouser Roger Merville d'après votre conseil, papa; mais, maintenant, s'il me fallait renoncer à lui, je...

Vaincue par l'intensité de son émotion, elle se tut, pendant que des larmes montaient à ses yeux.

— Alors, reprit M. Duthil, tu crois que je devrais céder?

— Oui, papa — du moins, cela me semble ainsi.

— As-tu pensé à l'effet qu'une telle résolution produirait sur le monde?

Annette secoua la tête.

— Vivons-nous pour le monde? dit-elle.

— Non, mais nous vivons dans le monde. Par exemple, sans aller plus loin, que dirait Mme Merville?

— Elle n'est pas très indulgente, répondit la jeune fille, mais on la laisserait dire.

— Et ton fiancé?

— Oh! fit-elle, avec un joli rire de triomphe, si celui-là le trouvait mauvais, c'est qu'il ne serait pas lui-même, et alors, je ne l'aimerais plus!

— Allons dormir, dit-il, la nuit porte conseil. Je dois te dire que je ne suis pas ébranlé le moins du monde. Dussé-je, un jour que je ne prévois pas, donner un consentement que pour l'heure je suis décidé à refuser, Marthe, ne serait jamais ma vraie fille de cœur. Je ne pourrai jamais lui pardonner le chagrin que me causent son ingratitude et sa déloyauté.

Il attira Annette contre lui et l'embrassa longuement.

III

Le lendemain matin, Annette descendit la première dans la salle à manger, comme elle le faisait toujours. Lucie était repartie dès six heures pour la pension ; M. Duthil se montrait généralement le dernier. Marthe apparut, plus pâle et plus silencieuse que de coutume ; elle donna à Annette un baiser distrait et s'assit à sa place, les yeux fixés sur la porte.

Vainement Mlle Duthil s'efforça d'obtenir de sa compagne d'enfance quelque parole banale qui lui permît d'agir comme si rien ne s'était passé, elle n'en put tirer un mot. Emile entra, dit bonjour à sa sœur, tendit la main à Marthe, et s'assit d'un air indifférent.

Le cœur d'Annette se serra. Elle n'était guère savante en matière amoureuse, mais en les voyant ensemble elle avait éprouvé la certitude qu'ils s'étaient rencontrés depuis la veille; Marthe savait, cela sautait aux yeux, les dispositions de M. Duthil à son égard..

— Pourvu, pensa Annette, que mon père ne s'en aperçoive pas ! Il en deviendrait inflexible !

M. Duthil vint tard ; il était trop occupé de ses pensées pour regarder autour de lui, heureusement. Annette, après lui avoir servi son chocolat, fit un signe à Marthe qui la suivit, et sortit de la salle à manger, laissant le père et le fils en tête-à-tête.

La jeune fille voulait s'esquiver au détour du vestibule, mais Annette l'arrêta. Avec une autorité surprenante, elle la poussa devant elle dans le salon et la bloqua, pour ainsi dire, dans un coin d'où il lui était impossible de sortir sans violence.

— Voyons, dit-elle, comment as-tu pu te laisser entraîner ?

Marthe leva le menton et prit un air ennuyé.

— Les grands mots, fit-elle, les grandes scènes... 1830, et toute l'école romantique!... Pour l'amour de Dieu, Annette, épargne-moi cela. Je suis assez ennuyée sans qu'on m'assomme!

— Je n'ai aucune envie de t'assommer, dit-elle. Mais pense un peu à ce que tu fais, et à la façon dont cela peut être interprété! Si on savait...

— Qui, on? demanda Marthe d'un air ironique et hautain.

— Les domestiques! répondit Annette avec quelque rudesse. Si on savait que tu as trouvé moyen de causer avec Emile cette nuit, ou ce matin, mais dans tous les cas, en cachette.

— Comme c'est malin! interrompit Marthe. Tu te figures que c'est difficile! J'ai causé avec lui hier soir, pendant que tu étais avec M. Duthil. Nous étions assis sur l'escalier, et quand tu as ouvert la porte pour monter, nous nous sommes séparés, voilà tout!

— Tu l'attendais donc? fit Annette abasourdie.

— Bien entendu. C'est pour nous une question vitale, ma chère.

— Et si je n'étais pas descendue?

— Nous aurions attendu que tu fusses couchée. Je ne vivais plus ; il fallait savoir à tout prix.

— Tu sais maintenant, reprit Mlle Duthil ; mon père ne consentira pas, au moins à présent. C'est ce qu'il a dit à mon frère.

— Oui, je ne suis pas d'assez bonne famille, ni assez riche, probablement.

— Ne dis pas de méchancetés, fit Annette avec autorité. Tu sais fort bien que la fortune n'a rien à voir là-dedans. Pour la famille... mon père pourrait peut-être, avec le temps, se décider à passer outre, mais...

— Quand on ne veut pas, il y a toujours un *mais*, fit ironiquement la jeune fille.

— Mais, continua Mlle Duthil sans s'émouvoir, ce qui a indigné mon père, c'est précisément le système de cachotteries.

— Si je lui avais demandé la permission d'aimer son fils, tu crois qu'il me l'aurait donnée? interrompit Marthe.

— Au moins, il t'aurait estimée! riposta Annette.

— On va me mettre à la porte, probablement, dit l'orpheline d'un ton narquois. J'y suis préparée.

— Marthe! fit Mlle Duthil de sa voix profonde et douce, je t'en supplie, ne sois pas méchante!... Si tu as le malheur de penser des méchancetés, aie au moins assez d'empire sur toi-même pour ne pas me les dire. J'ai été pour toi une vraie sœur, depuis le jour où notre mère t'a amenée ici... Je sais qu'en t'embrassant, je te donnai toute mon amitié, et depuis, je ne te l'ai pas retirée, quoique...

— Quoique je sois insupportable? rétorqua Marthe.

— Non, mais pleine d'un orgueil qui te rend parfois bien dure.

— Que veux-tu? Je n'ai jamais pu supporter les humiliations, et ma vie en a été faite.

— Pas ici, toujours!

— Ici comme ailleurs. Pas par ta faute, j'en conviens. Mais il n'est pas question de cela. Que va-t-on faire de moi? Tu dois connaître les intentions de ton père, je suppose?

— Je n'en sais absolument rien. Mais, Marthe, personne ici ne te veut que du bien. Mon père lui-même est prêt à t'excuser.

— Jusqu'au consentement?

— Je ne sais pas... je ne crois pas... pour le moment, du moins. Plus tard, peut-être... Il est si bon! Sois gentille avec lui, fais-lui bon visage, montre-toi soumise et repentante.

— Comme dans les histoires vertueuses? Je ne saurais, Annette; il ne faut pas m'en vouloir, mais ce rôle-là n'est pas dans mes cordes; la sensibilité n'est pas mon fait.

— Je me demande alors pourquoi Emile t'aime! dit-elle avec dépit.

— Pourquoi? Il n'y a pas de pourquoi à ces choses.

là. Tu aimes ton grand lambin de fiancé, et je me demande, de mon côté, ce que tu peux chérir en lui! J'aime Emile et il m'aime, voilà tout!

— Si tu l'aimes vraiment, dit-elle avec douceur, sois patiente et espère... Pour ma part, je ferai tous mes efforts afin de décider mon père à consentir.

— Tu es la bonté même, toi, et puis toutes les vertus, — et puis quoi encore? fit-elle d'un ton railleur, où perçait une affection réelle. C'est ennuyeux de vivre avec la perfection! C'est humiliant, c'est vexant, c'est... C'est pour vous inspirer le désir de commettre toutes les sottises... Annette!

— Quoi? répondit celle-ci qui écoutait avec un sourire un peu triste.

— Si jamais j'avais dans l'idée de faire quelque bêtise un peu trop forte, je penserais à toi, et je crois, oui! je crois fermement que la crainte de te faire de la peine m'en empêcherait. Si je la faisais, c'est que je n'aurais pas pensé à toi.

Elle appuya sur la joue d'Annette un énergique baiser qui laissa une trace blanche, aussitôt remplacée par un peu de rougeur, et s'en alla tranquillement.

M. Duthil, de son côté, avait eu pendant ce temps avec son fils un entretien sérieux. La nuit, en effet, lui avait porté conseil.

Le père ne croyait pas à la constance de Marthe, il ne croyait pas au désintéressement de sa tendresse. Il en était certain : l'amour qu'elle portait à son fils était pour elle un moyen d'entrer dans la vie, et non un but définitif. Voulant pourtant donner à la jeune fille l'occasion de prouver des sentiments plus élevés que ceux qu'il lui supposait, il s'arrêta à une résolution qui lui semblait équitable.

Emile attendrait deux ans; quand Marthe atteindrait sa vingt-et-unième année, s'ils étaient restés tous deux dans les mêmes sentiments, M. Duthil ne refuserait plus son consentement. Jusque-là, un secret inviolable serait gardé, faute de quoi tout serait rompu.

Au fond de lui-même, M. Duthil ne croyait pas que

la constance de Marthe résistât à une si longue épreuve.

Telle fut la décision qu'il communiqua à son fils, avec une douceur sous laquelle se devinait une inexorable fermeté.

— Mon père, dit Emile après un moment d'hésitation, c'est juste et raisonnable, c'est même généreux. Mais deux années d'attente, c'est trop long.

— Pas quand on doit s'aimer toute la vie, répliqua M. Duthil ; si tu épouses Marthe avec mon consentement, il faut, pour justifier ma faiblesse, que j'aie une sorte de garantie de ton bonheur... Deux ans, c'est long, si l'on s'aime un peu ; ce n'est rien quand on s'aime véritablement. Et tu n'es pas mûr, mon fils, pour la vie conjugale, tu viens de me le prouver ; tu n'as pas encore la sagesse d'un chef de famille... Tu me remercieras plus tard de t'avoir fait attendre.

Sans demander ni attendre de réponse, M. Duthil sonna. Au domestique qui se présenta, il donna l'ordre de prier Mlle Marthe de venir le trouver.

Marthe, l'instant d'après, entra, la tête haute, mais les yeux baissés. L'émotion de l'attente et l'inquiétude avaient communiqué à ses traits un peu forts une finesse rare qui la rendait infiniment jolie. M. Duthil le remarqua, et s'avoua que son fils avait pu être séduit par cette beauté d'un charme irritant et fantasque.

En deux mots, il l'informa de sa résolution, gêné lui-même par l'apparente sévérité de son discours, et aussi par l'attitude, extérieurement convenable, mais trop correcte pour être naturelle, de cette jeune fille indomptée. Lorsqu'il eut terminé son exposé, il lui demanda :

— Acceptes-tu mes conditions?

Elle baissa la tête avec un geste affirmatif, et sortit sur-le-champ, sans témoigner trop de précipitation, cependant. Pouvait-on lui en demander davantage?

Emile remercia son père en quelques mots qui manquaient de chaleur et de sincérité.

Son père lui signifia qu'il devait partir le lendemain pour Paris.

IV

Après le départ d'Emile, Marthe s'était faite impénétrable ; elle n'avait plus proféré une parole relative à son mariage ; pas un mot de gratitude ou de plainte n'était sorti de sa bouche. Avec M. Duthil elle se montrait polie et silencieuse ; avec Annette, indifférente, sans froideur.

Le lendemain, les deux sœurs se préparaient à entendre la dernière messe à la cathédrale. Au moment de partir, Annette frappa à la porte de Marthe sans recevoir de réponse. S'étant assurée que la jeune fille n'était pas là, elle envoya la femme de chambre la chercher.

A son grand étonnement, elle apprit que mademoiselle était partie seule, à pied, une heure auparavant, en disant qu'elle allait à la messe.

En passant devant un restaurant, Lucie fit un brusque mouvement.

— Qu'y a-t-il ? demanda sa sœur.

— Les voilà...

— Qui ?

— Emile et Marthe.

— Tu rêves ! Emile est à Paris.

— Je te dis qu'ils sont là... Ils se donnent le bras.

— Mais où donc ?

— Arrêtez, Joseph ! cria Lucie.

Le chauffeur stoppa. Annette regarda dans la direction indiquée.

— Tu t'es trompée, fit-elle avec une impression de soulagement.

— Ils sont là, fit Lucie d'une voix étouffée.

— Tu en es sûre? demanda Annette dont les oreilles tintaient, et qui sentait sa vue se brouiller.

— Tout à fait sûre. Demande plutôt... Tu sais bien qu'au *Cheval-Blanc* tout le monde le connaît!

— Allez devant l'hôtel du *Cheval-Blanc*, dit-elle au chauffeur.

Joseph, plus stupéfait qu'il ne l'avait été de sa vie, obéit

Annette descendit au milieu de la jeunesse civile et militaire, très convenable d'ailleurs.

A un garçon qui s'avançait vers la voiture :

— Mon frère, M. Emile Duthil, est bien ici?

— Oui, mademoiselle.

— Depuis hier soir?

— Non, mademoiselle, depuis ce matin dix heures et demie.

— Est-il dans sa chambre?

— Non, mademoiselle, il vient d'entrer au restaurant.

— C'est bien, fit Annette, ne le dérangez pas. Je vous remercie.

Sans précipitation, elle retourna à l'auto, s'y assit, et dit à Joseph, complètement ahuri :

— Retournez à la maison.

Surpris d'un si prompt retour, M. Duthil s'était avancé sur le perron. A la vue de ses filles, il comprit qu'un malheur était arrivé.

— Elle ne s'est pas suicidée? fit-il soudain.

— Plût à Dieu! répliqua Lucie.

— Qu'est-il arrivé? demanda-t-il.

— Presque rien! dit Lucie d'une voix brève ; en ce moment, elle déjeune avec Emile au *Cheval-Blanc*, au vu et au su de toute la ville.

Avec plus de ménagements, Annette lui confirma la triste vérité.

— Mon Dieu! fit-il, que veulent-ils, les malheureux! Nous déshonorer?

— Je ne sais pas, mon père, répondit la fille aînée, mais ils n'ont pu faire encore beaucoup de mal, car

Emile est arrivé de Paris ce matin à dix heures et demie, et Marthe, partie à pied, n'avait pas dix minutes d'avance sur nous.

M. Duthil se leva, avec une force qu'il ne se croyait pas.

— J'y vais.

Il donna ses ordres à Joseph.

A l'hôtel du *Cheval-Blanc*, il appela un garçon.

— Mon fils est ici ? dit-il brusquement.

— Je le pense, monsieur, il y était il n'y a qu'un instant.

— Priez-le de venir.

Le garçon se rendit dans la salle du restaurant, presque déserte, où Emile et Marthe, muets devant leurs tasses à café vides, avaient l'air de deux criminels plutôt que de deux amants enfin livrés à eux-mêmes.

— M. Duthil prie monsieur de venir lui parler, dit le garçon à voix basse.

— Allons, dit simplement Emile à sa compagne.

Elle se leva et le suivit. Il remit un billet de vingt francs au garçon et se dirigea vers la voiture.

— Montez, dit brièvement M. Duthil.

Marthe monta la première.

— A côté de moi, fit le chef de famille.

Elle obéit. Son cœur battait bien fort, mais elle faisait bonne contenance. N'était-ce pas précisément ce qu'elle avait cherché ?

— A la maison, ordonna M. Duthil au chauffeur.

Lorsqu'on arriva à l'Oasis, toute la famille se trouva réunie dans le salon.

D'un geste, M. Duthil congédia ses filles ; ses jambes tremblaient sous lui et il fut contraint de s'asseoir. Les coupables restèrent debout.

— En agissant comme vous l'avez fait, quelle était votre intention ? leur demanda-t-il sans préambule.

Marthe ne répondit rien ; on eût dit qu'elle n'avait pas entendu.

Emile regarda son père en face, avec un mélange de tendresse et de pitié. C'était un honnête garçon, faible, mais bon et sincère ; il avait conscience du mal qu'il faisait, et son cœur en était déchiré ; de plus, le rôle qu'il jouait depuis plusieurs mois avait lourdement pesé sur lui, et il était presque heureux d'en pouvoir enfin sortir.

— Je suis venu de Paris, ce matin, dit-il ; Marthe m'a rejoint dans la cathédrale, et nous sommes allés sur-le-champ à l'endroit où vous nous avez trouvés. Nous avions l'intention de prendre le train à cinq heures et de nous rendre à Paris. Vous auriez reçu l'annonce de notre départ avant le dîner, et nous vous aurions demandé votre consentement à notre mariage.

— Pourquoi vous êtes-vous montrés publiquement ensemble ? demanda M. Duthil.

Emile, en face d'une interrogation directe, sentit qu'il avait agi comme un malfaiteur, et baissa la tête sans répondre.

Marthe vint à son secours ; elle voyait briller dans les yeux de M. Duthil une lueur inquiétante, et sentit qu'elle devait accepter sa part dans les responsabilités.

— Nous savions, dit-elle, combien vous respectez l'opinion publique ; c'est la crainte de l'opinion publique qui vous faisait refuser un consentement réel à notre mariage, car cette épreuve de deux ans n'était pour vous qu'un moyen de nous séparer sûrement ; il nous a paru certain que vous n'hésiteriez pas plus longtemps si le bruit courait dans la ville que nous étions fiancés.

— Vous connaissez des hommes qui emmènent leur fiancée au restaurant ? demanda M. Duthil avec une terrible ironie. Dites le mot : vous avez cru que je ne pourrais plus refuser mon consentement si l'on disait que vous êtes la maîtresse de mon fils ? Vous avez pensé que le vieux banquier ferait honneur à ses engagements, qu'il ne permettrait pas qu'on l'accusât de n'avoir point surveillé ce qui se passait sous son toit ? Vous avez sagement combiné vos plans ! Et si, par hasard, je refusais de les approuver ?

Marthe leva le menton, baissa les yeux et garda le

silence. Émile fit un pas vers son père qui l'arrêta du geste.

— Mon père, dit-il, je sais combien nous sommes coupables ; je viens de le sentir d'une façon bien cruelle. Je vous jure pourtant que notre seul désir était d'obtenir votre consentement.

— Je le vois, fit M. Duthil avec ironie.

— Marthe est pure, continua Émile. Je l'ai et je l'aurais respectée ; elle se respecte elle-même, et, si grande que soit notre offense, elle est moins grande que vous ne semblez le croire.

— Pure ? Matériellement, cela se peut. Moralement, elle est dégradée. J'aimerais mieux, je vous le dis en vérité, au lieu de ces savants calculs, apprendre que vous étiez contraints de recourir à cette extrémité pour réparer une faute ! Vous auriez pu alors invoquer l'excuse de la jeunesse et de la passion ! Pure ? celle qui a trompé, menti, trahi ?... Allez, mademoiselle, vous avez réussi ! Vous serez la femme de mon fils ; mais, quoi qu'il arrive, vous ne serez jamais ma fille !

Marthe gardait son masque d'impassibilité ; l'annonce de ce consentement, qui lui était jeté comme une injure, ne la fit même pas tressaillir.

— Vous voulez être mariés promptement ? Vous le serez dans quinze jours. Votre mariage sera annoncé dès ce soir. Emile partira pour Paris à cinq heures, et n'en reviendra que pour la cérémonie, une heure avant. Pendant ce temps, Marthe restera ici. Le soir même, vous partirez, et je n'entendrai plus jamais parler de vous. Mais rappelez-vous, jeune fille, que toutes les conséquences de cet acte, proches ou lointaines, dans le temps ou dans l'éternité, retomberont sur votre tête.

Malgré son endurcissement, Marthe ne put réprimer un regard rapide jeté à son complice. M. Duthil le saisit au passage.

— Mon fils était bon, dit-il, il était honnête ; il aimait son père et toute sa famille ; il était estimé de tous, et méritait de l'être ; vous avez détruit ce beau passé ; quel avenir mettrez-vous à sa place? Je ne veux pas le savoir.

— Mon père, s'écria Emile, les yeux pleins de larmes brûlantes, le cœur dévoré de remords, mon cher père, je vous en supplie, ayez pitié.

M. Duthil fit un signe négatif sans le regarder.

— Un jour, dit le malheureux garçon d'une voix altérée, un jour, je regagnerai votre estime ; vous pardonnerez à mon repentir.

— Je ne crois pas, répondit le père. Cependant, vous êtes mon fils, et je vous ai tendrement aimé ; à ce titre, je pourrais me laisser vaincre par quelque faiblesse, mais votre femme m'en défendra ; car, à dater de ce jour, vous ne faites plus qu'un, et, à elle je ne pardonnerai jamais! Allez, vous dis-je!

Ils sortirent.

Quand ils se trouvèrent seuls dans le vestibule, Emile dit à Marthe :

— Mon bonheur est perdu! mon père m'en voudra toute sa vie!

— On dit cela, fit-elle de sa voix calme, mais on finit toujours par pardonner.

V

Ce jour-là, au lieu de venir une heure ou deux d'avance, comme elle le faisait d'ordinaire, Mme Merville arriva exactement pour le dîner. Elle était souriante et froide, suivant sa coutume.

Sans se laisser intimider par la taciturnité de Roger, ni l'humeur morose de Lucie, ni l'état troublé d'Annette, ni les distractions visibles dont M. Duthil sortait avec une secousse pour y retomber aussitôt, elle parla tranquillement, versant le flot monotone et clair de ses phrases sur les hôtes plus ou moins consternés. Marthe seule lui donnait la réplique avec un brio qui lui attirait les regards indignés de Lucie.

Au café, qui fut servi au salon, M. Duthil s'approcha de Mme Merville, et lui annonça, sans élever la voix, comme un fait tout naturel, le prochain mariage de son fils avec Marthe.

— Ah! vraiment, fit la vieille dame. C'est décidé? Tout à fait? Mon compliment.

Elle adressa au père et à la fiancée un petit signe de tête bref, qui exprimait sans doute ses sentiments d'une façon fort exacte, puis regarda Annette avec une attention particulière.

— On m'avait dit un mot de cela en ville, ce matin, fit-elle à M. Duthil, mais je n'avais pas voulu y ajouter foi. Vous savez, on entend parfois des choses si extraordinaires!... S'il fallait croire tout ce qu'on dit... Pourquoi M. Emile n'est-il pas ici?... Il est donc reparti?

Marthe répliqua avec une sincérité modeste :

— Il a été forcé de retourner à Paris, madame. Il reviendra juste pour le mariage.

— Ah!

Ce fut tout. Annette, priée de se mettre au piano, joua quelques morceaux insignifiants.

La présence de son fiancé, qui lui rendait si douces ces soirées du dimanche, ne lui apportait aujourd'hui qu'une gêne de plus. Silencieux et de mauvais humeur, Roger devenait un homme nouveau qu'elle ne croyait pas connaître et qui lui inspirait une envie de pleurer.

Bien avant l'heure accoutumée, Mme Merville se leva et prit congé de ses hôtes avec son éternel sourire, si froid qu'il semblait figé.

Quand la mère et le fils furent partis, Marthe jeta un bonsoir collectif à la famille et monta dans sa chambre.

M. Duthil dit à ses deux filles :

— Mme Merville est une femme singulière ; on ne peut jamais savoir ce qu'elle pense. Elle était parfaitement au courant de tout avant de venir ici.

— Songez donc, papa ! Ce n'est pas elle seulement ! Il n'y a pas dans Amiens une maison un peu respectable où l'on ne discute en ce moment notre aventure !

Elle parlait avec une tristesse résignée, exempte de toute amertume.

— Il faut faire un trousseau à Marthe, papa, et une robe pour la cérémonie, reprit Annette.

— Donne-lui de l'argent, et qu'elle s'arrange, fit M. Duthil avec une sorte de dégoût. J'ai mis vingt-cinq mille francs en réserve pour elle ; tu peux prendre là-dessus ce qui lui sera nécessaire.

Marthe entra officiellement dans son rôle de fiancée avec une aisance absolue ; elle se servait de l'auto de son futur beau-père pour courir les magasins et se commandait les costumes les plus seyants.

Le dimanche suivant, Mme Merville, par un petit mot glacial, mais aimable dans la forme, s'était excusée, pour elle et pour son fils, de ne pas assister au dîner de famille. C'était, écrivait-elle, afin de ne pas gêner les préparatifs qui devaient prendre « tout le temps et toute la pensée des habitants de l'Oasis ».

M. Duthil, après l'avoir lue, passa cette lettre à sa fille sans rien dire ; ces façons diplomatiques ne lui plaisaient guère, mais il devinait assez les propos dont lui et les siens étaient l'objet pour ne pas s'étonner d'un refroidissement. Il espérait, une fois le mariage terminé, faire comprendre à la vieille dame, fût-ce par l'entremise de son notaire, qu'elle aurait grand tort de rien changer aux projets existants. La sachant intéressée, il était résolu à augmenter, s'il le fallait, d'une façon considérable, la dot promise à Annette.

Les bans n'étaient pas plutôt affichés, — et ce fut l'affaire de vingt-quatre heures, — que tous ses amis vinrent tour à tour le supplier de ne point donner suite à une si fâcheuse affaire. L'argument principal était celui-ci : la demoiselle s'était compromise avec Émile de telle façon qu'on lui prêtait déjà plusieurs autres aventures ; le mariage ne réparerait donc rien et ne servirait qu'à porter préjudice à la famille.

Que pouvait répondre à cela le malheureux père ? Quoi qu'il fît, il était sûr d'être blâmé ; il se contenta donc de remercier ses amis, de les assurer de l'innocence de Marthe, à laquelle personne ne voulut ajouter foi ; et, pour recouvrer la nuit un peu de sommeil, il se gorgea de soporifiques au point qu'il tomba, quelques jours avant la cérémonie, dans une sorte d'engourdissement, où ses nerfs surexcités lui donnaient, de temps à autre, de violentes secousses.

Annette, fort effrayée, appela le médecin, un ami de la famille, qui fit emporter bromure, éther et chloral ; il ordonna des bains prolongés jusqu'à l'assoupissement, et finit par mettre M. Duthil en état d'aller à la mairie et à l'église le jour du mariage.

— Si cela devait durer trois jours de plus, dit-il à Annette, je ne me chargerais pas de soigner mon malade. On ne peut pas brûler ainsi la chandelle par les deux bouts sans user promptement sa vie.

L double cérémonie eut lieu au jour fixé. La cathéd ale, où personne n'était invité, contenait la ville enti e, excepté les vrais amis, qui s'étaient abstenus, et l' n montait sur les prie-Dieu pour voir la mariée. Elle assa le menton levé, le regard modeste, traînant derri re elle des flots de tulle blanc et de fleurs d'oranger. le était si jolie, qu'on oublia de remarquer le mari, dont la pâleur et l'amaigrissement rapide eussent u donner lieu à bien des commentaires.

A ette et Lucie suivaient leur père, en robes très simp

Le jeuner eut lieu dans la plus stricte intimité ; les q atre témoins, dont l'un était le docteur Roizet, l'aut le notaire, plus deux amis de M. Duthil, étaient des ens silencieux, trop au courant de la situation pour s'évertuer à jouer un rôle inutile. Le repas fut vite rminé et Marthe monta dans sa chambre pour ache r ses préparatifs pendant que les hôtes prenaient congé, sauf le docteur, qui avait tenu à rester jusqu'après le départ des mariés, afin de voir comment serait son vieil ami quand son état actuel ferait place à l'inévitable prostration.

Quand le moment du départ fut venu, les jeunes gens vinrent prendre congé de leur père. M. Duthil, debout, les reçut froidement. A Marthe, il répondit par un salut courtois, mais glacial. Son fils s'avançait pour l'embrasser, il évita l'accolade et se contenta de lui tendre la main.

Du bout des lèvres, Marthe embrassa ses deux belles-sœurs, puis elle sortit, précédant son mari, qui tenait Annette par le bras et lui chuchotait à l'oreille ses dernières recommandations :

— Aime-le bien, soigne-le bien, tâche qu'il me pardonne ; écris-moi, écris-moi bien souvent, donne-moi de ses nouvelles... Oh ! ma sœur.

Elle lui serra fortement la main avec un regard qui l'avertissait de ménager leur père ; il comprit et s'arracha de cette maison dont il venait d'ouvrir la porte à toutes les douleurs.

Quand ils furent partis, M. Duthil dit au médecin :

— Je suis bien las. Est-ce que cela me ferait du mal, docteur, de dormir un peu, ici, sur le canapé ?

— Pas le moins du monde ; reposez-vous, mon cher ami ; rien ne vous gêne.

Il aida son malade à s'installer sur la grande ottomane. M. Duthil s'endormit bientôt. Puis le docteur Roizet fit signe à Annette de le rejoindre dans un coin éloigné du salon.

— Maintenant, lui dit-il, du calme à tout prix. Tu entends ? A tout prix ! Il ne faut plus que rien puisse déranger ou troubler ton père d'ici un temps assez long. J'espère qu'il va se remettre, mais je ne répondrais de rien si l'on recommençait à lui causer de nouveaux chagrins ; les anciens suffiront, et au-delà, pour nous donner de l'inquiétude. Tu n'es plus une enfant, Annette. Comme médecin, je prends tout sur moi. A partir de la présente minute, tu décachetteras toutes les lettres, tu ouvriras tous les paquets, tu donneras toutes les signatures. Si quelque fâcheux incident se présente, tu en garderas le secret pour toi.

— Mais, docteur, si cela intéressait l'avenir de la famille?

— Tu es assez raisonnable pour savoir ce que ferait ton père dans telle ou telle circonstance? Tu feras ce qu'il aurait fait. D'ailleurs, tu as Me Richard pour les affaires temporelles, et moi... si j'ose le dire, pour les affaires spirituelles. C'est entendu Embrasse-moi, tu es une bonne fille ; dans quelques semaines je te rendrai un père bien portant et capable de reprendre sa vie ordinaire. Moi, je retourne à mes malades.

Il partit en lui laissant des instructions minutieuses.

Deux heures après, M. Duthil se réveilla, mais si faible qu'il résolut de se coucher sur-le-champ.

Après lui avoir fait prendre un bouillon, Annette descendit avec Lucie pour le dîner.

C'était une chose bien triste, pour les deux jeunes filles, que de se trouver seules en tête-à-tête dans cette grande salle à manger, si peu de jours auparavant pleine de gaieté ; aussi remontèrent-elles aussitôt dans la chambre d'Annette.

— Mademoiselle, il y a des lettres, fit le valet de chambre en présentant le plateau couvert d'enveloppes fermées.

Annette prit le paquet et comme le jour baissait sensiblement, elle tourna le commutateur d'une ampoule électrique et commença le dépouillement du courrier. C'étaient, pour la plupart, des communications sans importance : il y avait aussi quelques lettres d'amis éloignés qui, n'ayant pas eu connaissance de l'esclandre, envoyaient leurs félicitations dans la sincérité de leur amitié.

— Annette rangea celle-ci en poussant un soupir.

— Je ne sais si elles feront plaisir ou non à mon pauvre père, dit-elle. Enfin! je les lui remettrai plus tard.

Une enveloppe intacte restait, celle-ci sans timbre ni cachet ; Annette reconnut l'écriture de Mme Merville.

Lucie, qui suivait ses mouvements, la vit hésiter, comme si elle avait eu peur de l'ouvrir.

— Qu'attends-tu ? dit-elle. C'est demain dimanche ; elle t'annonce qu'elle viendra, ou qu'elle ne viendra pas, suivant sa fantaisie. Dépêche-toi de la lire, je tombe de sommeil.

Annette décacheta lentement la lettre, adressée à son père ; dès les premières lignes un brouillard enveloppa sa vue, et la main qui tenait le papier retomba sur la table. Effrayée, Lucie se leva et vint lire, la tête près de celle de sa sœur, un bras appuyé sur son épaule ; voici ce qu'elle vit :

« Cher monsieur, jusqu'au dernier moment nous avions espéré, mon fils et moi, que vous comprendriez combien le mariage projeté par M. Emile était de nature à porter un préjudice grave à votre famille. N'ayant pas été consultés, nous n'avions pas de conseils à vous donner ; mais nous n'en avons pas moins réfléchi pendant la quinzaine qui vient de s'écouler, et nos réflexions nous ont causé beaucoup de chagrin. Cependant, nous avons voulu attendre, espérant que vous changeriez d'avis. Le mariage de votre fils ayant eu lieu ce matin, il ne nous reste plus aucun recours contre un fait qui doit changer tous nos plans d'avenir. Malgré les mérites très grands de Mlle Annette, nous sentons, mon fils et moi, qu'il nous serait impossible de traiter comme une alliée la jeune Mme Duthil, et, avec l'assurance de son profond regret, mon fils vous prie de lui rendre sa parole.

« Croyez-moi, cher monsieur, votre bien dévouée,

« Coralie Merville. »

— Ce n'est pas possible ! s'écria Lucie quand elle fut arrivée à la signature. Donne, que je relise.

Mais sa sœur avait mis la main sur la lettre, et refusa de la lui rendre.

— A quoi bon ? dit-elle, tu as bien lu... Je ne suis pas très surprise, je m'en doutais.

— Et tu n'as rien dit ?

— A quoi bon ? Et puis, quand je dis : « Je m'en doutais », ce n'est pas cela ; seulement, je pressentais que Mme Merville n'était pas contente.

— La vieille fée ! la méchante femme ! fit Lucie entre ses dents ; quelle perfidie, quelle cruauté !... Sais-tu, Annette, elle aura trouvé une femme plus riche pour son grand dadais de garçon.

— Lucie, je t'en prie ! fit Annette, dont les joues blêmes se couvrirent d'une pourpre enflammée.

— Et lui, quel imbécile ! continua Lucie, épanchant sa colère à demi-voix avec une rare prudence. Il n'a pas trouvé un mot pour se défendre ou pour te défendre.

— Laisse-lui en le temps ! fit Annette, dans un élan de généreuse indignation. Ne frappe pas celui qui ne peut se révolter. Sa mère a écrit cette lettre, mais sais-tu seulement s'il en a connaissance ?

— Ah ! comme tu l'aimes ! dit la sœur cadette, en serrant contre elle, à l'étouffer, la tête rougissante de sa « petite mère ». Il faudrait qu'il fût un héros, pour être digne de toi !

— Tais-toi donc ! murmura Mlle Duthil confuse.

Lucie l'embrassa encore une fois, puis desserra son étreinte et la regarda.

Les yeux de la jeune fiancée s'étaient soudain creusés, un pli profond avait été marqué entre ses sourcils par le chagrin qu'elle venait d'éprouver, elle était cent fois plus belle ainsi, mais d'une beauté tragique, faite de douleur.

— Il faut d'abord que papa n'en sache rien ! dit-elle en pliant la lettre avec décision et la mettant dans sa poche. Ensuite, il faut prendre conseil, car cette lettre demande une réponse... Et avant, Lucie, il faut aller dormir, car nous ne savons pas ce que les jours qui viendront peuvent nous apporter..., et nous aurons besoin peut-être de toutes nos forces.

— Annette, dit la sœur, as-tu bien compris ce que veut dire cette lettre

— Sois tranquille, j'ai compris. Mon bonheur est détruit, car si M. Merville résistait à sa mère... tu vois, Lucie, ce qu'est un mariage conclu malgré les parents.

— Oh ! ce n'est pas la même chose.

— Il y aurait des choses qui seraient les mêmes ! Mon père ne consentirait jamais à me voir entrer dans la famille de Mme Merville si elle y met opposition, et moi-même...

Elle détourna la tête avec un dédain plein de tristesse.

— Mon bonheur est détruit, répéta la jeune fille sans élever la voix. Mais la vie de papa est plus importante que mon bonheur, et pour le présent, je ne dois penser qu'à cela. Allons nous coucher, ma sœur.

Elle se leva, prête à obéir. Annette n'avait fait aucun mouvement, demeurait immobile sur sa chaise ; tout à coup, elle se dressa, étendit les bras, et alla tomber sur son lit, les bras en croix, la face sur l'oreiller.

Avec un sang-froid au-dessus de ses années, Lucie ouvrit la petite armoire où sa sœur conservait les médicaments ; elle trouva de l'ammoniaque et de l'éther, ouvrit la fenêtre, retourna le corps inanimé d'Annette, et en quelques secondes la ramena à la vie.

— Que s'est-il passé ? fit la pauvre fille en posant une main sur ses yeux. Ma pauvre Lucie, te voilà avec deux enfants malades sur les bras ; mais ce ne sera rien... demain, il n'y paraîtra plus. Va, te reposer, va.

Elle se mit au lit et là, les forces lui manquant, les larmes bienfaisantes se firent jour, et, cachant sa tête dans son oreiller, elle pleura.

VI

M. Duthil s'éveilla assez taid le lendemain, d'un sommeil profond. Comme il arrive parfois dans les grandes crises de la vie, le fait accompli lui paraissait moins lourd à supporter que l'attente anxieuse.

La longue crise de larmes qu'Annette avait subie pendant la nuit lui avait donné un grand mal de tête, qu'elle allégua pour expliquer des yeux rougis et son aimable visage défiguré.

Mais l'affront avait marqué Annette d'une indélébile meurtrissure : pour elle, pour son père, pour tous les siens, elle ressentait l'injure imméritée, la cruauté voulue, la brutalité à peine déguisée d'une femme sans cœur et sans loyauté. Elle comprenait que le mariage de son frère lui eût aliéné certaines sympathies, certains respects ; mais pourquoi rompre ainsi sans prétexte, sans excuse?

Le docteur Roizet arriva au moment où la famille se mettait à table. Son œil de médecin discerna sur-le-champ une nouvelle cause de trouble, et dès qu'il se fut assuré que M. Duthil allait aussi bien qu'on pouvait s'y attendre dans le cas présent, il ne s'occupa plus que de sa fille, l'observant à la dérobée, s'efforçant de deviner la cause de son abattrement, mais sans y parvenir.

Aussitôt après le repas, prétextant ses visites en ville, il proposa à Annette de l'accompagner jusqu'à mi-route, dans son panier qu'il conduisait lui-même, afin de revenir ensuite à pied.

— Rien de tel que l'exercice, dit-il, pour vous secouer au point de vue moral et physique! Tu te verras une tout autre personne après cette petite promenade.

Annette était trop désireuse de causer librement avec son conseiller pour ne pas accepter. Ils partirent ensemble ; mais à peine avaient-ils quitté l'Oasis que M. Roizet mit son cheval au pas, et se tournant vers sa jeune amie :

— Qu'est-il arrivé? lui demanda-t-il ; j'espère que ce n'est rien de bien grave.

Annette avait fait bonne contenance pendant le déjeuner. Sous le regard de son père, elle s'était contenue au point de congédier momentanément la terrible pensée ; l'interrogation directe du docteur ramena l'horreur du premier choc avec tant de force, que la jeune fille agita les lèvres à plusieurs reprises sans pouvoir proférer un son.

— Comment, comment? fit M. Roizet inquiet. A ce point-là?

Par un effort surhumain, Annette parvint à prononcer les quatre mots qui bouleversaient sa vie :

— Mon mariage est rompu.

— Tu es malade, Annette! Cela ne se peut pas!

La jeune fille sortit de sa poche un petit portefeuille et de celui-ci la lettre de Mme Merville qu'elle remit au docteur.

— Voilà une bien sotte personne! fit-il en repliant la lettre pour la lui rendre.

Le clair regard de ses yeux gris se posa sur le visage fatigué d'Annette avec une pitié profonde.

— Et ce précieux fils, continua-t-il, n'a point protesté?

— Je ne sais pas. J'espère pour lui qu'il trouvera quelque chose à dire.

— Ou à faire, interrompit le docteur. Dis-moi, Annette, tu peux me parler comme à un père, n'est-ce pas? Cela te fait-il beaucoup de chagrin

— Beaucoup.

— Dignité blessée? ou sentiment?

— Ce n'est pas tant ma dignité..., fit la jeune fille en détournant la tête.

Le docteur rassembla les rênes et excita le poney à prendre le trot. Il avait besoin de secouer sa mauvaise humeur. Roger Merville, ce nigaud, ce raté, comme il l'appelait en lui même, inspirer un amour sincère, une sorte de passion à cette exquise Annette! C'était humiliant pour elle!

Enfin, on aime ce qu'on peut, et elle n'avait pas cherché ailleurs un point de comparaison.

— Docteur, dit-elle, au bout d'un demi-kilomètre, a-t-on dit beaucoup de mal de nous dans Amiens?

— Du mal? Oui, beaucoup; de vous, non. Ton frère et sa femme ont été rudement maltraités, par exemple. Emile a reçu là un coup à ne pas s'en relever. Je ne doute pas qu'il se soit dit de Marthe, à peu près dix fois autant de méchancetés qu'elle peut en mériter, et je ne suis pas suspect envers elle d'une indulgence excessive, pourtant! Justes ou injustes, les jugements portés sur elle ne me touchent guère. Ils ne me toucheraient pas du tout s'ils ne portaient préjudice aux innocents, par ricochet... Mais ce qui est fait est fait : inutile d'y revenir. Je dois ajouter, non pour te consoler, Annette, mais pour l'amour de la vérité, que Mme Merville sera universellement blâmée, même parmi ceux qui ont été sévères pour les coupables. On ne se conduit pas de la sorte; elle aurait dû garder des formes, chercher un prétexte, retarder la rupture.

— Je préfère qu'elle ait agi sur-le-champ, fit vivement Annette, non pour mon père, qui aurait pu en recevoir une atteinte mortelle, mais pour moi-même. Je hais les situations ambiguës; douter me paraît la plus grande souffrance, et j'aimerais mieux avoir la certitude d'un malheur que de l'attendre longtemps.

« Elle aime ce nigaud, et elle croit encore en lui, pensa le docteur. Elle a encore des chagrins en réserve, même après le coup qu'elle a reçu. »

— Eh bien! reprit-il tout haut, prépare-toi à de rudes épreuves, ma pauvre enfant! Dans l'état où est ton père, tout le poids de la vie de famille retombe sur toi. Je t'aiderai de mon mieux à le porter, et à nous deux...

— A nous trois, car il y a Lucie, ajouta Annette avec une expression de tendre orgueil. Si vous saviez comme elle m'a soignée, avec quel sang-froid, quelle présence d'esprit ! Je ne la connaissais pas avant la nuit dernière.

Le docteur tourna la tête de son poney du côté d'Amiens.

— J'oublie mes malades, dit-il. Enfin, Annette, voici ma consultation. Pour ton père, le même régime de calme absolu ; pour toi, le silence et la résignation... jusqu'à nouvel ordre. A la lettre de Mme Merville, pas de réponse. Je lui ferai savoir que la moindre émotion peut mettre Duthil en péril de mort. Je suppose que j'obtiendrai d'elle, non une rétractation, — tu n'en voudrais pas ?

— Oh ! non, soupira Annette.

— Une démarche, alors, qui lui permette de tirer son épingle du jeu sans causer le décès d'un malade qui m'est très cher. Veux-tu me confier cette remarquable épître ? Je ne te promets pas de te la rendre, mais je t'en remettrai probablement une autre à la place.

Silencieusement Annette acquiesça du geste.

— Voici ton Oasis, continua le brave homme, je te dépose à la grille.

Avec un signe de tête affectueux à l'adresse d'Annette, le docteur s'inclina en avant pour prendre son fouet, et le petit cheval, qui savait ce que cela voulait dire, détala d'un trot rapide.

Avant de rejoindre son père et sa sœur, la jeune fille s'arrêta dans le hall ; elle demanda au domestique si personne n'était venu. Pas de lettre pour elle, non plus ? La rougeur légère que la course, l'air vif et un peu d'espoir avaient fait monter à ses joues redescendit bien vite ; elle respira profondément, comme pour se donner des forces, et retourna près des siens.

VII

Le docteur Roizet, infiniment doux, délicat et prudent avec ses malades, avait la réputation de n'y point aller de main morte quand il s'agissait d'une opération morale.

Aussi Mme Merville, qui n'ignorait pas son intimité avec la famille Duthil, fut-elle assez peu charmée d'apprendre qu'il se présentait pour lui faire visite.

Décidée à lui dire que ses affaires à elle ne le regardaient pas, elle entra, plus glaciale que jamais, dans le salon où l'attendait le docteur.

Après s'être installé commodément dans le fauteuil qu'elle lui avançait, le médecin commença par lui parler de choses intéressantes, telles que l'état sanitaire excellent de la ville, une course de chevaux, le changement vraisemblable du préfet, et quand il eut bien exaspéré Mme Merville, il lui dit à brûle-pourpoint :

— Je viens de l'Oasis. Mon ami Duthil est très souffrant.

Le visage marmoréen de la veuve sembla dire : « Pourquoi me parlez-vous de gens qui me sont aussi totalement étrangers ? »

— Comme médecin, continua-t-il sans se troubler, je serais bien désireux de lui épargner toute émotion, les bonnes autant que les mauvaises ; ses deux filles sont deux anges.

— Est-il donc si malade ? demanda Mme Merville avec un commencement d'inquiétude.

— Ces rhumatismes, compliqués d'endocardite, c'est toujours très sérieux.

— Elle ne comprit pas, mais n'en fut que plus impressionnée.

— Vous, qui allez vous trouver prochainement alliée à la famille Duthyl...

Mme Merville ne sut pas réprimer un mouvement.

— Quoi donc? fit le docteur. Est-ce que votre fils n'est pas fiancé à Mlle Annette?

La vieille femme lui jeta un regard perçant.

— Ne jouez pas au plus fin, monsieur Roizet, dit-elle. Vous savez que j'ai retiré ma parole.

Le docteur tira de son portefeuille la lettre qu'Annette lui avait remise.

— Parfaitement, chère madame, dit-il avec urbanité; en voici la preuve, signée de votre main. Que diriez-vous si je vous apprenais qu'en la lisant mon ami Duthil vient de rendre le dernier soupir dans mes bras?

— Ne plaisantez pas, monsieur, fit-elle; la chose est sérieuse.

— Soyez assurée, madame, que si elle n'était pas sérieuse, je n'aurais pas l'honneur d'être chez vous en ce moment. Voulez-vous une transaction?

— Une... quoi? fit la vieille dame d'un air hautain.

— Je dis une transaction, répéta le docteur en appuyant sur le mot. La mer est superbe en ce moment; les plages ne sont pas encore bondées comme elles le seront dans six semaines; c'est le véritable moment d'aller faire un tour en Bretagne ou à Royan. Votre santé exige certainement l'air de l'Océan; ou peut-être souhaitez-vous d'aller passer un mois ou deux dans une ville d'eaux? Je suis prêt à vous en faire l'ordonnance.

— Monsieur! interrompit la mère de Roger avec indignation.

— Alors, continua M. Roizet sans se troubler, avant de partir, vous écrirez à M. Duthil que, forcée de vous absenter subitement, vous n'avez pas le temps d'aller avec votre fils prendre congé de lui et de ses filles; vous ajouterez que, dès votre retour, vous vous ferez un plaisir de le revoir. Et puis, vous lui demanderez une ou deux fois de ses nouvelles pendant votre absence. Vos lettres n'étant jamais très aimables, leur... fraîcheur ne l'étonnera pas. Au retour, — au retour, si vous n'avez pas changé d'avis, Mlle Annette vous écrira que c'est elle qui a réfléchi, et que monsieur votre fils est libre.

— Mais, monsieur, dit-elle, en vertu de quoi exécuterais-je le petit plan que vous avez combiné ?

— En vertu de ceci, répondit M. Roizet, lui montrant pliée entre son pouce et son index la lettre qu'il n'avait pas refermée. Si vous refusiez ce que je vous propose, je serais, comme médecin, responsable, et, comme ami de la famille, obligé de donner une publicité toute particulière au document qui aurait amené des troubles graves dans l'état de mon client et ami. Il ne saurait, vous le comprenez, lucide comme il l'est, ignorer plus de quelques heures, quelques jours tout au plus, un fait qui le touche d'aussi près !

Mme Merville resta immobile, réfléchissant profondément. Elle avait affaire à forte partie ; elle tendit la main vers la lettre, et dit simplement :

— Donnez.

— Donnant, donnant, chère madame, fit le docteur sans s'émouvoir.

Elle se leva et se dirigea vers un petit bureau près d'une fenêtre, s'assit, prit un buvard, assujettit son lorgnon, trempa sa plume dans l'encre et, sans regarder le docteur, lui dit :

— Dictez.

— Je n'en aurai garde, chère madame, fit modestement M. Roizet. Mon ami perdrait trop à ne pas recevoir un billet émanant de vous-même !

Elle se pencha sur le papier et traça de son écriture hargneuse une dizaine de lignes exprimant son regret de devoir partir avec son fils sans serrer la main de ses amis, etc. Quand elle eut terminé, elle jeta sur la lettre une pincée de sable d'or et la présenta tout ouverte au docteur, qui la prit et la lut le plus tranquillement du monde.

— Voilà qui est parfait, dit-il en opérant l'échange ;

on remettra celle-ci dans l'enveloppe de l'autre, et la première fois que mon ami Duthil demandera son courrier, elle lui sera remise. Mlle Duthil ne tardera pas à prendre la détermination dont je vous ai parlé, qui terminera ce petit malentendu, et vous en serez informée aussitôt. Chère madame, je suis votre humble serviteur.

Le docteur se trouvait déjà dans la rue, que Mme Merville n'avait pas encore recouvré ses esprits.

VIII

Le docteur Roizet avait hâte de revoir Annette. Comme diplomate, il était ravi de sa réussite auprès de Mme Merville.

Mlle Duthil écouta son vieil ami avec une attention émue qui le récompensait de sa peine ; les beaux yeux bruns de la jeune fille se levèrent sur lui quand il eut terminé, et le remercièrent mieux que ses lèvres.

— Tu vois, conclut l'excellent homme, l'amour-propre est sauf, ce qui est énorme ; reste le cœur.

— Ne parlons pas de cela, dit-elle, ni à présent ni jamais. Cependant, je vous adresserai encore une question, en vous suppliant d'y répondre avec une entière franchise, après quoi ce sera fini pour toujours. Croyez-vous qu'en cette affaire M. Merville ait été absolument d'accord avec sa mère, ou bien s'est-il laissé dominer par elle ? Ce point est pour moi de la plus haute importance, car...

Elle ne put achever ; son visage s'était teinté de rose et ses lèvres tremblaient.

— Tu comprends qu'il m'est impossible de juger une

affaire aussi importante à moi tout seul... Vois-tu, ce garçon n'est pas méchant ; il est désintéressé, mais c'est un égoïste, qui préfère à tout sa tranquillité. Ta vie, avec lui, n'aurait été qu'un sacrifice perpétuel, et tu te serais vite aperçue qu'il n'était pas ce que tu croyais... C'est un paresseux, et tu n'aurais pas été heureux avec lui.

— Oui, dit Annette avec une douceur infinie, vous avez raison ; mais n'en parlons pas !

Elle resta silencieuse, et le docteur, pendant qu'elle réfléchissait, la regardait. Jamais elle n'avait été aussi jolie ; les angoisses des derniers jours avaient donné à sa beauté un caractère élevé qui la rendait plus touchante et plus noble. Certaines natures plient sous le poids de la souffrance, d'autres se redressent pour la mieux porter.

— Vous êtes la bonté même, reprit-elle après un long silence. Vous m'avez sauvée de la plus terrible situation où puisse se trouver une jeune fille qui n'a rien à se reprocher. La lettre que vous avez promise à Mme Merville, je l'écrirai quand vous voudrez et comme vous voudrez.

— Nous avons le temps, interrompit le docteur. Il faut d'abord que ton père soit assez remis pour que tu puisses lui annoncer ce changement. Que vas-tu lui dire ?

— Oh ! ne craignez rien, j'y ai pensé ! fit-elle avec un sourire triste. Je lui dirai que j'ai trouvé les Merville trop indifférents à sa maladie, que cela m'a froissée, et que j'aime mieux ne pas me marier que de lui donner un fils que ne l'aimerait pas assez.

— C'est parfait ! dit-il. Un vieux philosophe comme moi n'aurait pas trouvé mieux ; mais, je te l'ai dit, nous avons le temps. D'ici dimanche tu choisiras un moment favorable pour annoncer à ton père le départ de Mme Merville.

Elle inclina la tête pour toute réponse. Brusquement, il l'attira à lui et la baisa au front.

— Ah ! fit-il, comme s'il se parlait à lui-même, trouver une femme comme toi et ne pas savoir se l'attacher jusqu'au tombeau, voilà ce qui donne une triste idée d'un monsieur ! Enfin, la vie est longue, et tous les jeunes gens ne sont pas des imbéciles.

M. Dutheil prit très philosophiquement l'annonce du petit voyage de Mme Merville. A cent lieues de se douter de la rupture, et croyant, d'après l'air tranquille de sa fille, qu'il s'agissait tout au plus d'un petit refroidissement passager, il accueillit avec un certain soulagement la pensée de ne pas voir la vieille dame pendant quelque temps. Il était toujours avec elle aussi aimable que possible ; mais les manières par trop glaciales de la future belle-mère d'Annette l'avaient parfois impatienté.

— On n'épouse pas sa belle-mère, s'était-il dit plus d'une fois pour se consoler, et encore beaucoup moins la belle-mère de sa fille ! Après le mariage, on ne se verra plus qu'aux fêtes carillonnées.

Résolue à se montrer satisfaite du mariage de son frère, Lucie était retournée à la pension pour y achever ses dernières semaines de cours.

Annette se trouva donc seule avec son père. La vaste maison semblait bien vide maintenant. Vainement Annette s'imposait à elle-même deux fois par jour une heure de piano ; lorsque l'instrument avait cessé de résonner, le silence n'en retombait que plus profond sur la demeure déserte.

M. Dutheil ne s'en plaignait pas ; convalescent, après la secousse où il avait failli laisser sa vie, il jouissait de chaque heure sans rien demander de plus. Il évitait soigneusement toute allusion au chagrin récent, ne prononçait presque jamais le nom de son fils, jamais celui de Marthe, et semblait ne souhaiter qu'une chose entre ses longs sommeils : rencontrer le sourire de sa fille et regarder le paysage voilé ou baigné de lumière.

Dans cette vie, exclusivement consacrée à son père, Annette avait à peine le temps de penser. Durant les heures qu'elle passait auprès de lui, endormi ou éveillé, elle s'interdisait rigoureusement toute songerie affligeante. Plus tard, elle savourerait toute l'amertume de ce chagrin tombé sur elle si soudainement.

Un soir, elle sentit tout à coup que la contrainte lui devenait intolérable. Toutes les pensées refoulées depuis si longtemps se pressaient dans son cerveau et semblaient vouloir le faire éclater.

M. Duthil venait de s'endormir : il était neuf heures. Elle prit une écharpe de dentelle, la jeta sur sa tête et descendit dans le parc.

La nuit était tiède, le ciel bas, l'obscurité déjà profonde ; cependant, après le premier moment, on y voyait assez pour se diriger dans les allées découvertes. La jeune fille gagna, d'un pas rapide, une terrasse située à quelque distance de la maison, d'où la vue s'étendait sans obstacle jusqu'aux confins de l'horizon.

Les yeux perdus dans l'espace, elle regarda le couchant, encore teinté d'un reste de clarté. Par delà les collines, elle pensait à la mer, la mer lointaine. C'est là, quelque part vers l'occident, qu'il se trouvait, lui, celui qui, après lui avoir dit qu'il l'aimait, l'avait abandonnée.

Abandonnée ! oui. Comme une fille trompée, comme une paysanne séduite, la riche Mlle Duthil, dans l'éclat de sa pureté, dans son adorable virginité, se trouvait abandonnée.

Ce mot lui revenait aux lèvres comme une plainte, comme un glas. Elle avait lu dans les journaux des récits de filles abandonnées, et son cœur avait compati à leur peine ; mais celles-là n'avaient-elles pas commis la seule, l'irrémédiable faute que l'homme ne pardonne pas ? N'avaient-elles pas aimé jusqu'à l'oubli de leur pudeur ? Si injuste que pût être l'arrêt qui les condamnait, elles l'avaient encouru, sachant que le monde n'a point de miséricorde et que l'amant méprise celle qui le croit quand il jure de l'aimer toujours.

Mais elle ! Qu'avait-elle fait pour que son amour fût

dédaigné, pour que son fiancé la reniât, pour qu'elle subît cet effroyable effondrement de sa vie de femme?

Elle plongea son regard plus avant dans l'insondable profondeur du ciel muet, et son âme courut vert les plages, où l'on peut se coucher dans le sable et attendre la mort.

Mourir! Oh! oui, mourir, pour fuir l'intolérable torture, où la honte se mêlait à la douleur. Mourir pour oublier, pour ne plus souffrir, pour n'être plus rien... Dieu aurait pitié d'elle, elle oublierait.

Mais Annette ne pouvait pas mourir. Tant que son père vivrait, elle devrait vivre. Elle regarda sa douleur en face.

Comme elle avait aimé Roger! Comme elle avait cru en lui! Qui donc eût osé dire qu'il n'avait pas tous les dons, tous les mérites dont elle l'avait paré avec tant de prodigalité Qui eût-pu se hasarder à murmurer à son oreille que Roger était un faible égoïste, gâté par le monde, affaibli par le despotisme de sa mère, jusqu'à méconnaître ses devoirs d'homme et de fiancé?

A cette heure douloureuse, elle ne voulait pas encore le rendre responsable, tant elle l'avait aimé. Elle rejetait la faute entière sur Mme Merville, fermant les yeux à l'évidence, afin de pouvoir l'excuser et le plaindre.

Le plaindre? Soit. Mais elle... que ferait-elle de sa vie coupée dans sa fleur, comme un arbre trop jeune tombé par mégarde sous la hache du bûcheron? Tout ce flot de tendresse, de confiance, d'espoir, qui s'en allait d'elle en bouillonnant comme du bassin détruit d'une source, irait, inutile et stérile, s'épancher dans le sable.

— Comme je l'aimais! disait-elle de temps en temps, sans s'apercevoir qu'elle répétait les mêmes paroles, tant sa douleur multiple poignait les côtés différents de son âme.

Elle se rappelait avec une sorte de gourmandise les jours heureux de cet amour perdu. Ils avaient dansé ensemble l'hiver d'avant celui qui venait de s'écouler ; il la recherchait visiblement, et se tenait à côté d'elle pendant les quadrilles, silencieux, mais content et fier. Dans ce temps-là, elle pensait que peut-être il l'aimerait... et elle s'était dit que, s'il la demandait en mariage, elle ne le refuserait pas, pourvu que son père y consentît.

A partir de ce moment, elle en avait volontiers parlé à son père quand ils causaient ensemble, afin de l'habituer à son nom et à ce qui le touchait. Elle ne l'aimait pas encore, mais il lui plaisait, et même elle trouvait grand air à Mme Merville, dont la raideur glaciale lui paraissait de la dignité accompagnée de savoir-vivre.

Et puis, un jour, son père était venu la chercher dans la serre où elle s'occupait de ses fleurs, et il l'avait embrassée si tendrement, si tendrement.

Elle sentait encore ce baiser paternel sur son front, tant il l'avait remuée. Et elle avait compris que son père venait d'envisager pour la première fois, d'une façon sérieuse et réelle, la possibilité de ne plus l'avoir auprès de lui. Quelqu'un venait de la demander... Pourvu que ce fût *lui!*

C'était lui ! La tête basse, les joues empourprées d'un sang généreux qui lui semblait pour la première fois circuler dans ses veines, elle avait écouté tout ce que M. Duthil lui présentait d'argument en faveur de ce prétendu ! Pauvre cher père ! que de mal il se donnait, alors que sa cause était gagnée !

Elle se souvenait de l'embarras du jeune homme, embarras qui l'avait aussitôt mise parfaitement à l'aise, et du baiser de fiançailles déposé sur sa main, le premier baiser qu'Annette eût jamais reçu ainsi et qui lui avait produit une impression si singulière qu'elle avait presque retiré sa main pour offrir sa joue, sans penser à mal.

Et depuis, quelle délicieuse existence ! C'était elle qui avait demandé de reculer le mariage jusqu'après le retour de Lucie, afin que leur père ne restât pas seul.

Comme il l'avait tendrement remerciée, son père bien-aimé! Au souvenir des tendres paroles qu'il lui avait dites, Annetté sentit son cœur se fondre, et ses yeux, jusqu'alors secs et brûlants, s'emplirent de larmes.

— Mon pauvre père! murmurait-elle, le front appuyé sur la balustrade de pierre, le cœur battant, secouée par un orage de larmes tel qu'elle ne croyait pas qu'il fût possible d'en supporter, pour m'avoir tant aimée, soyez béni! Et moi, je ne vous quitterai plus que dans le tombeau, quand j'aurai clos vos yeux et joint vos mains pour l'éternité!

Elle s'aperçut alors qu'elle avait beaucoup vécu dans l'avenir, bien plus que dans le présent, jouissant triplement des joies actuelles par l'idée que plus tard elle les posséderait toujours et sans traverses. Pauvre Annette, déraisonnable Annette! elle avait bâti ses châteaux dans les nuées et l'orage avait tout emporté!

Et si peu de temps auparavant, il lui avait dit : « Je vous aime! » Dérision du destin, il le lui avait dit juste au moment où elle allait le perdre... Comme il s'était trompé, comme il l'avait trompée! S'il l'eût aimée vraiment, aimée comme elle l'aimait, jamais il n'eût pu l'abandonner.

Et maintenant, c'était fini! Cette illumination de la vie, c'était fini comme un bouquet de feu d'artifice, après l'avoir aveuglée de ses éblouissements.

Une seule chose lui restait dans ce naufrage ; il n'avait jamais su combien elle l'aimait, il ne le saurait pas.

Annette se vit, dans un avenir très lointain, vieille, fatiguée, son père mort, Lucie mariée, Emile exilé pour jamais, toute seule, toute seule... Annette ne serait ni fille, ni épouse, ni mère, plus rien que les débris d'un temps effacé, d'une maison écroulée... cet être sans raison d'exister, qu'on appelle une vieille fille.

— Ce n'est pas ma faute, dit-elle en redressant la tête, et j'aurais pourtant fait mon devoir!

Plus forte, elle se leva, raffermit ses pas, et reprit

le chemin de l'Oasis. La veilleuse de la chambre de son père brillait faiblement au-dessus des massifs.

— Voilà désormais mon étoile ! pensa la jeune fille, et, résignée, sinon consolée, elle rentra dans la maison.

IX

Une lettre d'Émile arriva à l'Oasis. Au moment de quitter la France, il écrivait à M. Duthil et répandait en six pages d'une écriture serrée tout ce qu'il avait senti, plutôt que pensé, sans pouvoir l'exprimer.

Il souffrait, il souffrirait toujours d'avoir affligé son père, et surtout de l'avoir trompé. Toutes les conséquences de sa faute lui apparaissaient maintenant, hormis une : la rupture du mariage de sa sœur, dont il n'avait pas encore eu connaissance.

Après avoir lu cette lettre, M. Duthil la passa à sa fille avec un soupir. Annette la lut en silence, la replia et la remit dans l'enveloppe. Pauvre Émile, il était déjà puni ; que serait-ce quand il apprendrait ce que l'accomplissement prématuré de ses désirs avait coûté à sa sœur chérie ? Un moment, la jeune fille se demanda si elle le lui dirait : il lui semblait si dur de parler de cette peine, qu'elle devait mieux aimé en garder le douloureux secret pour elle seule.

Après quelques jours de méditation, Annette se résolut à en finir d'un seul coup avec toutes les préoccupations matérielles qui la rattachaient à ce qu'elle considérait comme son bonheur perdu.

M. Duthil allait de mieux en mieux, et le docteur lui permettait de s'occuper modérément de ses affaires ; sa fille pensa que le moment était favorable pour lui faire part du changement survenu dans sa destinée.

Un jour, après leur déjeuner, ils étaient assis sous un des arbres du parc les plus élevés et les plus touffus ; c'était un grand tilleul savamment ébranché, qui projetait son ombre sur le gazon comme un immense parasol.

M. Duthil détachait lentement la bande de son journal pour le lire ; Annette, qui venait de la maison, ses clefs à la main, se pencha sur lui et le lui enleva délicatement des mains.

— Non, fit le père, rends-le moi.

— Mais, papa, c'est pour vous le lire !

— Je le sais bien. Rends-le moi, je le lirai moi-même. Il faut que je m'habitue à me passer de toi.

— Mon père, pardonnez-moi si je vous déplais... mais, si vous le permettez, vous n'aurez jamais à vous passer de moi.

M. Duthil la regarda, un peu surpris.

— Tu voudrais...

— Je voudrais, mon père, rester toujours auprès de vous, dit Annette.

— Tu ne veux donc plus te marier ? fit M. Duthil, troublé. Tu renonces à ton mariage ? Mais as-tu réfléchi ? T'es-tu rendu compte ?...

— Mon père, reprit-elle tout bas, j'ai été froissée, profondément froissée de la conduite de Mme Merville... et de son fils... au sujet du mariage d'Emile. J'ai vu en cette circonstance qu'ils n'étaient... ni l'un ni l'autre... ce que je croyais, et que je serais malheureuse toute ma vie.

Son cœur était trop plein, les larmes jaillirent de ses yeux ; mais un instant après, se raidissant, elle releva la tête.

— Je vous préfère à tout, mon père, reprit-elle ; je n'aurais pu vous quitter qu'avec la pensée de vous donner un fils, au lieu de vous enlever votre fille... Vous me permettez, n'est-ce pas, d'écrire à Mme Merville que j'ai changé d'avis

M. Duthil restait inquiet et perplexe. Au fond de lui-même il sentait qu'Annette avait raison, que Roger n'était pas et n'aurait jamais été son fils.

— Rompre un mariage si avancé, Annette, y penses-tu bien? Après le malheureux mariage de ton frère, une rupture comme celle-là va achever de déconsidérer la famille!

Annette sentit le cœur lui manquer. Elle n'avait pas prévu tant de complications.

— Je vous en supplie, papa, dit-elle, en lui entourant le cou de ses bras, n'insistez point! Vous me faites trop de peine. Je sais tout ce que vous pourrez me dire; je me le suis dit, et, malgré cela, ma résolution est prise. Rendez-le-moi facile à exécuter, mon père bien-aimé, je vous en conjure!

Il dénoua les bras de sa fille, et la regardant avec attention :

— En aimerais-tu un autre?

Annette n'y put tenir. Un rire amer, nerveux, inextinguible, la secoua tout entière. Puis, brusquement, se raidissant dans un effort surhumain :

— Non, je vous assure, ce n'est pas pour cela.

— Pourquoi, alors? demanda le père d'un air sérieux.

— Parce qu'ils ne nous aiment pas, répondit-elle, avec autant de violence que sa nature douce et fine était capable d'en témoigner. Parce qu'ils savaient que nous avions du chagrin à cause du mariage d'Emile, et qu'ils n'ont pas trouvé une bonne parole à nous dire ou à nous écrire; parce qu'ils sont partis sans nous voir... enfin, parce qu'ils ne se soucient pas de nous.

— C'est bien, fit M. Duthil en posant une main sur celle de sa fille pour l'arrêter. Tu as raison. Tout ce que tu viens de dire est vrai. Mais j'ai été malade, et je n'avais pas envisagé leur conduite sous ce jour-là. J'écrirai à Mme Merville dans le sens que tu désires.

Annette l'interrompit vivement :

— Laissez-moi écrire, papa, je vous en prie! Vous ne sauriez guère dégager votre parole sans courir le risque de la fâcher, tandis que moi... Moi, c'est bien plus facile. Voulez-vous me permettre? je vous montrerai ma lettre avant de l'envoyer.

M. Duthil acquiesça du geste.

Elle gagna la maison lentement, car ses jambes refusaient de la porter, monta l'escalier comme accablée sous un fardeau pesant, et s'assit devant son bureau pour y prendre la lettre qu'elle avait préparée. Elle la lut deux ou trois fois, s'assurant que tout y était tel qu'elle le désirait, puis passa un peu d'eau sur son visage et retourna vers son père.

Sans lui dire un mot, elle lui présenta la lettre ouverte ; il lut silencieusement :

« Chère Madame,

« Mon père vient de passer par une crise très pénible, qui nous a donné beaucoup de souci pour sa santé présente, et même à venir. En de telles circonstances, j'ai senti que mon devoir absolu était de me consacrer à lui sans réserve jusqu'au moment où il ne nous donnerait plus aucun sujet de crainte.

« Je ne saurais, par conséquent, tenir l'engagement que mon père avait pris vis-à-vis de vous, relativement à mon mariage avec monsieur votre fils, et je vous prie de bien vouloir me rendre ma parole. J'espère que le motif qui me guide vous rendra indulgente envers moi, et je vous prie de me pardonner.

« Votre bien dévouée,

« Annette Duthil. »

— Que c'est froid ! dit M. Duthil en tendant la lettre à sa fille.

— Je vous assure, papa, qu'ils ne méritent pas mieux.

— Fais comme tu voudras, dit lentement M. Duthil. Embrasse-moi ; je te crois, parce que tu es la vérité même.

Elle se blottit tout contre lui, pendant qu'il l'embrassait.

— Et puis, lui dit-elle à l'oreille, nous ne nous quitterons plus, jamais, jamais.

Il attira sur son pauvre cœur palpitant et malade cette jeune tête dont la bouche prononçait un serment de renoncement éternel, et dans sa faiblesse, dans sa lassitude, il la bénit d'être si tendre et si dévouée.

Le soir, quand M. Duthil fut endormi, elle écrivit à son frère et lui raconta la vérité tout entière, sans rien atténuer ni exagérer.

X

Couchée sur un lit bas, dans une chambre entièrement tapissée de nattes de Chine, aux fenêtres garnies de moustiquaires en fine mousseline blanche, Marthe haletait sous l'effort de la fièvre. Emile, assis tout près d'elle, la regardait avec une compassion profonde, lutter contre l'implacable ennemie.

— Ne me regarde pas ! fit-elle avec impatience, en ouvrant les yeux après un court sommeil. Je n'ai pas besoin que tu me regardes comme cela pour savoir que je vais mourir.

— Marthe ! fit Emile, attristé, presque blessé.

— C'est convenu, je vais mourir ; eh bien ! que je meure tranquille, au moins.

Elle fit un mouvement d'humeur : si faible qu'elle fût, sa nature agressive n'avait pas perdu ses droits.

— Ecoute, Emile, dit-elle.

Sa voix n'était plus qu'un souffle ; il s'approcha tout près pour l'entendre.

— Ecoute. Quand je serai morte, tu retourneras en France. Ce n'est pas la peine de rester ici pour achever de t'y user... Ton père te pardonnera. N'attends pas qu'il t'écrive, ne lui demande pas de permission.

Vas-y tout droit, avec le petit... Oh! tu peux être tranquille, va! Une fois que je n'y serai plus, tu seras le bienvenu. C'était moi le trouble-fête.

Elle parlait par saccades, en petite phrases courtes, essoufflées.

— Au fond, tu sais, c'est très naturel. Je n'aurais pas cru que ton père tiendrait bon si longtemps... c'est la faute de cet imbécile... Merville. Je m'en vais, cela met fin à toutes les difficultés.

Son mari se pencha vers elle pour baiser son front brûlant ; elle l'écarta d'un semblant de geste.

— Ne m'embrasse pas, ça ne peut que te faire du mal. Tu diras à Annette que je lui donne le petit ; je suis sûre qu'elle en sera touchée.

Le fantôme de l'ancien sourire ironique flotta sur les lèvres de Marthe, puis s'évanouit.

— Au fond, tu sais, elle l'élèvera beaucoup mieux dans vos idées que je n'aurais pu le faire... Et moi, je suis si fatiguée... Ah! j'ai vraiment besoin de me reposer... Cette chaleur m'assomme.

Elle se tut et ferma les yeux ; Emile la croyait endormie, mais au bout d'un instant elle les rouvrit.

— Tu es presque aussi malade que moi, dit-elle en examinant le visage émacié, les cheveux grisonnants de son mari. Mon pauvre Emile, c'est à cause de moi, je ne t'ai pas porté bonheur!

— C'est le climat, dit-il pour la calmer.

— Non, c'est moi, reprit-elle avec opiniâtreté. Sans moi, tu ne serais pas resté ici plus d'un an. Enfin... Enfin, tu es jeune... Est-ce que tu te remarieras?

— Marthe, je t'en conjure, fit le malheureux en joignant les mains.

Elle se détourna d'un air lassé.

— Au fond, cela ne fait rien du tout, dit-elle lentement. Quand je n'y serai plus, qu'est-ce que cela pourra me faire? Allons, mon pauvre Emile, cette fois, c'est moi qui te le demande, embrasse-moi.

Il s'inclina vers elle et délicatement, pour ne pas lui faire de mal, tendrement parce qu'il l'avait beaucoup et follement aimée, il baisa son front et ses joues.

— Tu diras à Annette que j'ai eu grand tort de ne pas l'écouter... C'est elle qui avait raison... Ton père aussi avait raison. Tu partiras dès que... enfin tout de suite après. Et puis, le petit... tu lui parleras quelquefois de moi, dis, pour qu'il ne m'oublie pas tout à fait? Je n'ai pas été bien bonne dans ma vie ; mais pour lui, il me semble pourtant que je n'ai pas été une mauvaise mère.

— Veux-tu le voir? demanda Emile.

— Non. Laisse-le dans la montagne, à l'air frais. Cela lui ferait trop de mal de venir ici par cette chaleur... et puis, nous n'avons plus le temps... il arriverait trop tard. A quoi bon, alors?

Une tristesse amère se peignit sur le visage de Marthe au souvenir de son petit garçon.

— Enfin, reprit-elle, ça vaut mieux comme ça. Tu n'aurais jamais été heureux, mon pauvre Emile, d'une façon comme d'une autre. C'est moi qui ai eu tort, mais je ne croyais pas si mal faire ; il ne faudra pas m'en vouloir.

Elle ferma les yeux et s'endormit d'un sommeil troublé, pendant qu'Emile, accablé, regardait le passé, sans pouvoir y trouver autre chose que les fugitives et trompeuses illusions de bonheur qu'il avait prises pour le bonheur lui-même.

Deux jours après, Marthe mourut.

XI

Trois ans ont passé sur la tête des hôtes de l'Oasis depuis les événements que nous venons de raconter.

Lucie s'est mariée. Elle a épousé Henri Duplay, un jeune médecin, neveu du docteur Roizet, qui, lui aussi, s'est fixé à Amiens, et recueillera un jour la clientèle de son oncle, lorsque le bon vieux praticien jugera à propos de se reposer...

Ce jour-là, M. Duthil, assis sous le grand tilleul, s'était profondément absorbé. La journée d'été était particulièrement belle, et le grand soleil de cinq heures dorait de la façon la plus somptueuse les charmilles et les pelouses.

Le père de famille avait vieilli ; ses cheveux et sa barbe tout blancs donnaient à son visage une expression de grande douceur ; la fermeté d'autrefois n'existait plus que dans le regard, toujours net et résolu.

A sa fille aînée assise non loin de lui et s'occupant à un travail de couture, il demanda :

— Quel âge as-tu donc, Annette ?

— Vingt-huit ans, papa, répondit-elle gaiement, et bonne envie de vivre, je vous assure !

— Tu n'as pourtant pas l'air contente depuis quelque temps. Tu me caches quelque chose, j'en suis sûr.

— Une surprise, papa, j'en conviens..., mais nous en reparlerons tout à l'heure, si vous le voulez bien. Je vois Lucie qui arrive.

La jeune femme s'avançait lentement, alourdie par sa maternité prochaine, mais beaucoup plus jolie que trois années auparavant.

Les deux sœurs s'embrassèrent, et pendant qu'Annette s'esquivait, Mme Duplay vint s'asseoir auprès de son père.

— Tu ne portes plus que du noir, dit-il en l'examinant. Voilà au moins trois mois que je ne t'ai vu une robe claire.

— C'est la mode ! répondit Lucie sans le regarder. Et puis, papa, vous oubliez mes trois robes grises.

M. Duthil se souvint tout à coup que sa fille aînée affectionnait aussi depuis quelque temps les couleurs éteintes. Le soupçon vague de la vérité traversa son esprit ; mais il n'y voulut point attacher d'importance, et ferma les yeux, comme il faisait souvent pour se reposer.

Il les rouvrit au bout d'un instant, et se pencha brusquement en avant, les mains appuyées aux bras de son fauteuil, comme pour se lever, les yeux fixés dans la direction de l'Oasis.

Ce petit bonhomme vêtu de gris, avec une ceinture noire, qui venait à lui au détour de la pelouse, était-ce Émile, Emile âgé de trois ans, trottinant sur ses jambes nues?... Non, ce ne pouvait être qu'un des marmots d'Annette, un de ces marmots du voisinage qu'elle se plaisait à réunir autour d'elle... Mais les marmots avaient grandi, aucun d'eux n'était plus si petit, aucun d'eux n'avait jamais eu cette élégance de tenue et de mouvements qui caractérise l'enfant de bonne maison.

Le petit bonhomme venait droit à lui, et M. Duthil, troublé au-delà de ce qu'il croyait possible, le regardait, presque sans oser respirer. Lucie s'était penchée un peu en avant, pour surveiller son père, et s'il se fût retourné, celui-ci eût aperçu son gendre, un peu en arrière, prêt à le secourir, s'il en était besoin.

— Ce petit, fit M. Duthil en le couvrant des yeux, c'est un nouveau marmot pour Annette?

— Oui, mon père, répondit gravement Lucie ; c'est pour Annette.

L'enfant n'était plus qu'à quelques pas ; un peu interdit, il s'arrêta, et d'une voix argentine qui sonna délicieusement dans le silence du jardin, il dit :

— Grand-père!

M. Duthil fit un mouvement en avant, mais Henri l'avait prévenu, et le petit se trouva sur les genoux de son grand-père, qui le tenait enveloppé de ses bras, presque sans le toucher, comme un cristal fragile et précieux ; il avança alors ses lèvres fraîches vers le vieux visage où la joie et une sorte de colère se mélangeaient d'une façon étrange.

— Embrasse, dit-il.

Pour la première fois, les lèvres du grand'père touchèrent la joue du petit-fils, mais il restait encore indécis, inquiet, regardant tour à tour sa fille et son gendre.

Lucie, posant alors sa main sur le bras de M. Duthil, indiqua la bande noire qui bordait la petite blouse grise.

Le père fit un grand mouvement, et serra l'enfant contre lui.

— Emile? dit-il, tout son visage altéré par une crainte horrible.

Emile paraissait en ce moment au bout de l'avenue, appuyé sur le bras d'Annette. Brisé par la fièvre et la fatigue du voyage, et aussi par l'émotion poignante, il marchait lentement, les jambes molles, le cœur sursautant à chaque battement.

— Voici Emile, dit Henri ; ce n'est pas de lui que Pierre est en deuil.

— Elle? firent les lèvres du grand-père, sans qu'on entendît aucun son.

Lucie et son mari inclinèrent la tête. M. Duthil déposa l'enfant à terre, et, avec une vigueur extraordinaire, se leva pour aller au-devant de son fils.

— Mon pauvre enfant! dit-il en lui tendant les bras.

Des deux hommes, le plus fatigué, le plus près de sa fin, semblait assurément être le fils ; ils s'assirent côte à côte, l'enfant entre eux.

— C'est une bonne petite âme, dit Emile en le regardant d'un œil attendri ; il n'est que douceur et gaieté! Et puis, vaillant aussi! Il a été bien malade pendant la traversée, la chaleur l'écrasait ; il n'a jamais proféré une plainte, de peur de me faire de la peine, je crois.

Les yeux d'Annette rencontrèrent ceux de son père, et elle y lut une joie profonde, presque sauvage, et la joie d'avoir un petit-fils qui fût Duthil.

— Il te ressemble tellement, dit-il à Emile, que d'abord je l'ai pris pour toi... un revenant de toi.

— Ce n'est pas tant à moi qu'il ressemble le plus, répondit le fils, c'est à Annette. Il est à elle, maintenant ; sa mère le lui a envoyé, et moi je le lui donne.

Annette, sans répondre, prit le petit par la main et l'emmena doucement dans les allées, du côté de la terrasse ; quand ils furent seuls tous deux, à l'endroit où elle avait autrefois tant pleuré, elle s'agenouilla auprès du petit garçon.

— Sais-tu qui je suis? lui demanda-t-elle en l'entourant de ses bras.

Il la regarda un instant de ses beaux yeux bruns cerclés d'or, pareils à ceux dans lesquels il plongeait avec tant de confiance. Ce petit cerveau de trois ans, soumis aux épreuves d'un long éloignement et d'un voyage qui bouleversait toute sa courte vie, cherchait un souvenir, un point de repère... Il hésita un peu, puis, avec la joie d'un jeune chien qui retrouve son maître, il jeta ses bras au cou d'Annette en disant : « Maman! ».

Elle le prit sur son cœur, et par-dessus les boucles cendrées que le vent agitait doucement, elle pleura, mais ce furent des larmes de bonheur.

XII

Un an après, toute la famille se trouvait encore réunie sous le tilleul. Aux fenêtres de la chambre d'enfant flottait un superbe ballon rouge. Pierre faisait des pâtés avec le sable des allées. Une nounou promenait le superbe poupon de Lucie autour de la pelouse, et les autres, heureux et paresseux, avaient cessé de causer.

Le docteur Roizet, secouant enfin la somnolence de ce doux après-midi d'été, dit à Annette :

— On deviendrait arbre ou plante ici, à ne rien faire! Viens-tu, Annette? Nous allons marcher un peu.

Ils s'écartèrent sous les allées de plus en plus épaisses, de plus en plus nombreuses, marchant d'un pas égal et lent, en silence. Le docteur Rolzet se décida enfin à parler.

— Écoute, dit-il, à sa jeune amie, il faut absolument que je m'explique à cœur ouvert. Tu as vingt-neuf ans, tu n'as jamais été plus jolie.

— Docteur, je vous en prie, dit Annette en mettant les mains sur ses oreilles.

— Faites-moi le plaisir de m'écouter, mademoiselle, je ne suis ici aujourd'hui que pour cela. Il faut te marier. Ce n'est pas possible qu'une charmante fille comme toi renonce au mariage ; ce serait un crime. Je connais un aimable garçon qui dessèche pour l'amour de toi.

— Docteur, fit Annette, je vous ai écouté passablement longtemps ; permettez-moi de vous interrompre. Je ne veux pas me marier ; je ne me marierai pas.

— Oui, je sais ce que tu vas me dire : tu es nécessaire ici ; c'est vrai ; mais, au bout du compte, ta famille et ton mariage, ce n'est pas la chèvre et le chou ! On peut s'arranger.

— Ce n'est pas cela, mon ami, interrompit-elle en le regardant de ses yeux profonds. C'est le mariage que je crains. Vous voulez connaître le fond de mon âme. Soit. J'ai trop souffert autrefois, je craindrais de souffrir encore. Je ne me sens pas la force de lutter contre les désillusions.

— Mais, s'écria l'excellent homme, on se marie sans illusions... les illusions ne sont pas nécessaires dans le mariage.

Annette sourit et mit la main sur le bras du docteur.

— Je suis une créature pétrie d'illusions, dit-elle. Jadis, je m'étais figuré que mon fiancé était parfait. Je me suis imaginé que Marthe se corrigerait ; maintenant, je crois que mon petit Pierre est le plus beau, le plus intelligent, le plus délicieux enfant qui soit au monde... Je me plais à me répéter que vous êtes le vieux docteur le plus adorable qu'on puisse rêver pour ami... Eh bien ! si je me mariais, je voudrais nécessairement me faire croire que mon mari est un être absolument supérieur... Sans cela, je serais peut-être une bonne femme, mais je ne serais pas une femme heureuse... A présent, je le suis.

— Hum ! fit le docteur d'un air de doute.

— Je le suis, répéta Annette avec un accent de sincérité absolue. Mon père, mon frère, mon petit Pierre, Lucie et son enfant, — et j'espère bien qu'elle en aura d'autres, — son mari, qui est un beau-frère idéal, tout cela — sans parler de vous — me fait un entourage exquis, selon mon cœur, tel que je n'en trouverai pas de pareil. Les marmots du voisinage que j'ai en quelque sorte adoptés, mes fleurs qui poussent, — vous savez que je me suis mise à jardiner avec frénésie — mon bon chien qui m'adore, font un cadre à souhait pour ma vie heureuse — heureuse et utile ; car, tous, ils ont besoin de moi. Cela me suffit ; laissez-moi au bonheur que je me suis fait, et aux devoirs que je me suis créés.

— Mais, fit le docteur, les enfants grandiront, ton père...

— Je le sais, dit-elle en baissant la voix ; j'aurai alors d'autres devoirs et d'autres joies.

— Un autre chien ? fit ironiquement M. Roizet, mécontent.

— Hélas ! avec le temps, oui, un autre chien ; mais le plus tard possible, car il est encore très jeune. Et toujours, croyez-le bien, je trouverai quelque chose d'utile à faire, quelque chose qui me donnera de la joie aussi. Et mon jardin sera toujours jeune, toujours nouveau.

— Tu es tout à fait résolue ? Mon ami va être bien fâché. Et il est si charmant ! Tu le connais, c'est...

— Ne me dites pas son nom, fit vivement Annette. Si je le connais, cela me mettrait mal à l'aise avec lui, et peut-être est-il du nombre des gens que j'ai plaisir à voir.

— Maman Annette ! cria Pierre dans une allée voisine, viens vite, grand'papa veut te dire quelque chose !

— Je viens ! répondit Annette en courant vers lui.

Le docteur Roizet la regarda disparaître, aussi jeune, aussi légère dans sa démarche que dix années auparavant.

— Une si délicieuse fille, grommela-t-il ; n'est-ce pas désolant ?... Mais, qui sait ? ce n'est peut-être pas son dernier mot.

FIN

www.ingramcontent.com/pod-product-compliance
Ingram Content Group UK Ltd.
Pitfield, Milton Keynes, MK11 3LW, UK
UKHW020959180726
13838UKWH00003B/1398